# お殿様の出番

大江戸秘密指令3

伊丹 完

時代小説

二見時代小説文庫

# 目次

# お殿様の出番——大江戸秘密指令3

# 第一章　湯島《ゆしま》の油売り

## 一

「今朝もお寒うございますね」

「師走《しわす》になってまだ間《ま》がないよ。あらたまの春はいま少し先、当分は冬もたけなわの晩冬だ」

「はい、師走は晩冬でございます」

「はは、そしておまえも当分番頭だな。春が待ち遠しいかい」

朝の茶をすすりながら、主人の勘兵衛《かんべえ》が問う。若い番頭の久助《きゅうすけ》はどう答えていいかわからず、首をひねる。

「ええっと、師走は晩冬で、あたしもこのお店の番頭、洒落《しゃれ》でございますね」

勘兵衛はにんまりと頬を緩める。別に朝っぱらから軽口を言おうとしたわけではないのだが、たまたま語呂《ごろ》が合ってしまった。

「旦那様、世間では正月はめでたいなんて申しますが、だからといって、ひとつ歳をとるだけで、あたしなんぞ、帰る家もございませんから」

小柄で童顔の久助は前髪があれば小僧に見えるぐらいだが、正月が来れば二十一になる。親兄弟も親戚もなく、もうずっと藪入《やぶい》りに帰る実家もないのだ。

「わたしもそうだよ」

勘兵衛は笑う。

「金輪際《こんりんざい》、生まれた家には帰れない。この亀屋《かめや》が終《つい》の棲家となるだろう。おまえは若いので、これからだ。いずれ所帯を持って、子ができるかもしれない」

「さあ、どうでしょうかねえ」

久助は涼し気に微笑《ほほえ》む。

なるほど、勘兵衛は苦笑する。こんな稼業ではそう容易には所帯は持てまい。久助は表向きは町の小さな絵草子屋の番頭だが、裏のお役目に最初から加担しており、それなりに覚悟を決めているのであろう。下戸《げこ》で酒はほとんど飲まない。立ち入ったことは詮索したくないが、おそらく吉原《よしわら》どころか岡場所も知らず、色恋と縁はなかったのだろう。真面目で仕事熱心ではあるが、かといって木石《ぼくせき》のごとき面白味のない堅物でもなく、現に今も季節の晩冬と商売の番頭とを洒落と受け止め笑っている。

それはそうと、命知らずの長屋のみんなも、どんな心持ちでこの師走を過ごすことやら。いったんお役目に就いた以上、だれひとり、先のことなど見透かしている余裕はない。

日本橋《にほんばし》田所《たどころ》町《ちょう》の横町にある絵草子屋亀屋の主人勘兵衛は、すぐ脇の裏長屋の大家も兼ねている。だが、夏まではれっきとした武士であった。その名を権田《ごんだ》又十郎《またじゅうろう》といい、出羽《でわ》小栗《おぐり》藩松平《まつだいら》家の江戸詰め勘定方《かんじょうかた》を勤めていたのだ。

二年前に長年連れ添った妻と死別し、昨年、国元の遠縁より迎えた養子の新三郎《しんざぶろう》が今年から小石川《こいしかわ》の上屋敷に見習いとして出仕した。それを機に初秋七月、又十郎は隠居を願い出、間もなく承認された。五十の歳まで三十年間お役目一筋、若い頃から町道場で武芸にだけは打ち込んだが、他になんの道楽もなく、細々《ほそぼそ》と楽隠居でもするつもりであった。

だが、八月初旬、内々に主君松平若狭介《わかさのすけ》より召し出された。軽輩の勘定方が隠居した身で藩主に謁見など、滅多にあることではない。

「長い間、よう励んでくれた」

「いえ、御家のためでございます」

「実はのう、又十郎」

「はい」

「死んでくれ」

いきなり言われて、又十郎は息を呑み込んだが、微塵も動揺はしなかった。武士として、いつでも死ぬ覚悟はできている。名君の誉れ高い殿のため、また父祖より何代も仕えた松平家のためなら、命など惜しくない。

「ご下命とあらば」

潔《いさぎよ》く返答した。

「勘定方での律儀で実直な仕事ぶり、剣は若年より免許皆伝、文武に秀でた誠実剛直な気性を見込んで、頼むのじゃ。その命、貰い受けたい」

「喜んで」

乱世でもない泰平の世に生まれ、主君のために命を役立てる、こんな名誉は他にあるまい。どのような苦難にも堂々と立ち向かう所存である。

「よいか。権田又十郎は死に、この後は町の裏長屋の大家として生まれ変わるのじゃ」

「ええっ」

それはあまりに奇抜な仰せであった。これまでの身分も名も捨て、町の長屋の大家を務めよとのこと。

「あの、わたくしが死を賜り、町の裏長屋に大家として生まれ変わるとは、それはいかなることにございますか」

老中に就任した若狭介が家中より腕の優れた者、妙技を持つ者、それらを集め、隠密の修練を受けさせ、町人として田所町の裏長屋に住まわせることになった。隠密の役目は若狭介の指令で内密に、巷《ちまた》の悪を摘発する世直しである。その要《かなめ》となり長屋の隠密を差配する大家は、剛直の士でなければならぬ。

「これより、名を勘兵衛と改めよ」

とりあえず、江戸家老田島半太夫《たじまはんだゆう》のはからいで、箱根《はこね》への湯治を装い、実際には江《え》戸《ど》から一歩も外に出ることなく、日本橋通旅籠町《とおりはたごちょう》の地本問屋井筒屋《いづつや》で旅装を解き、姿形を町人に改め、そのまま長屋の大家を引き受け、田所町の絵草子屋亀屋の主人勘兵衛となったのだ。出来て間もない長屋の名は勘兵衛長屋。もとより、ただの裏長屋ではなく、店子《たなこ》は九人全員が曲者ぞろいである。

権田又十郎は間もなく旅先で不慮の死を遂げたことにされ、あれから四月《よつき》、今では言葉も立ち居振る舞いもすっかり町人になった勘兵衛である。

「寒いときに熱い茶はなによりのごちそうだね」

久助がいれてくれた朝の茶はうまい。

「ありがとう存じます」

「さてと、朝の見廻りに行ってくるよ」

今日も一日が始まる。

「はい、旦那様。お帰りまでに朝餉の支度、整えておきます」

「なにからなにまで、おまえひとりでご苦労だな」

「いいえ、そのほうが好き勝手にできますので、かえって気楽でございます」

亀屋には隠密の内情を心得た久助以外に女中も小僧も奉公人はひとりもいないので、絵草子屋の商売はもとより、掃除洗濯から飯の支度まですべて久助がこなしている。まるで独楽鼠《こまねずみ》のごとくよく働く。おかげで勘兵衛は長屋の大家としての仕事と、殿から仰せつかった大事なお役目に専念できる。

師走ともなれば、世の中はなんとなく慌ただしい。普段は喧噪とほど遠い裏通りの横町も、早朝からけっこう人が行き交う。野菜を担いだ近隣の百姓、豆腐や納豆を商う行商人、蜆《しじみ》売りの童《わらべ》まで、せっせと朝早くから商売に励む。冬場は日が短いので職人衆もさっさと朝飯を済ませ、早めに仕事場に向かうと見える。勘兵衛にとって、今年の師走は町場で迎える最初の歳末であった。

亀屋のすぐ脇にある裏長屋はすでに木戸が開いている。北側の一棟に五軒、南側の一棟に五軒、一軒の広さが一律に九尺二間、路地を挟んで二棟向かい合わせの十軒《じっけん》長屋。奥のほうに井戸があり、さらにその先に厠《かわや》と掃き溜《はだ》め、江戸の町にはどこにでもあるようなありふれた長屋である。

「大家さん、おはようございます」

井戸端で大根を洗っていたお梅《うめ》が勘兵衛に声をかける。

「おはよう、お梅さん、今日も寒いねえ。水は冷たいだろう」

産婆《さんば》のお梅は六十をいくつか過ぎており、朝はいつも早く、長屋の木戸を開けるのもお梅の役目になっている。

「いいえ、ひんやりして、かえって気持ちがよろしゅうございます」

「ほう、そうかい。今にも凍りつくようだが」

「上水《じょうすい》の井戸水ですから、どんなに寒くたって、滅多に凍ったりはしませんよ」

お梅と勘兵衛の話し声が聞こえたので、長屋の店子たちがそれぞれ戸を開けてぼつぼっと顔を出す。

「大家さん、おはようございます」

「おはようござんす」

「おはようござる」

勘兵衛は鷹揚に挨拶する。

「はい、みんな、おはよう」

「井戸水が凍らぬのには、わけがございますよ」

物識りの易者《えきしゃ》、恩妙堂玄信《おんみようどうげんしん》がしたり顔で言う。

「江戸中の井戸は掘り抜きではなく、上水の水が小石川より地中の樋《とい》を通じてそれぞれにあまねく分散しております。地上で寒風が吹こうと、雪や霰《あられ》が降ろうと、土中はさほど冷たくない。ゆえに樋から流れ来たる井戸水は凍りません。冬場、蛇《へび》などが寒さを避けて土の下で冬ごもりするのもそのためです」

「へっへっへ、さすがに先生は物識りだなあ」

横から口を出したのは大工《だいく》の半次《はんじ》である。玄信はみなから先生と呼ばれている。

「朝っぱらから、いい学問が身につきました。土の中は温かくて凍らねえんですね。てえしたもんだ。あっしは江戸生まれ江戸育ち、江戸っ子だから、よくは知らねえけど、国元の出羽じゃ、川も池も凍りつくって話ですが」

「さよう」

横から口を開いたのは浪人《ろうにん》の橘左内《たちばなさない》である。

「拙者はずっと国元であったので、存じておる。冬場は川や池ばかりか井戸も凍りつく。なにからなにまで凍る寒さでござった」

うなずく半次。

「そうでしょうねえ。北国《ほっこく》といっても吉原と違って、国元の厳しさはひとしおでござんしょう。立ち小便も凍っちまうとか」

「まあっ」

女髪結《おんなかみゆい》のお京《きょう》が顔をしかめる。

「いやねえ。半ちゃんたら、朝っぱらから品のない」

「へへ、ごめんね、お京さん。吉原で立ち小便は、ちょっとまずかったか。でも、小便はともかく、さらに北の陸奥《みちのく》じゃ、人の話し声さえ凍るそうだよ」

小間物屋《こまものや》の徳次郎《とくじろう》がぷっと噴き出す。

「よせよ、半ちゃん。いくら陸奥が寒いからって、人の声まで凍るかい」

「ほんとか嘘か、こないだ両国《りょうごく》の寄席《よせ》で聞いたんだ。勧進帳《かんじんちょう》の義経《よしつね》主従の凍った声が衣川《ころもがわ》で急に溶け出し、やかましくてかなわねえって落とし噺《ばなし》」

「なんだ、落とし噺か。馬鹿馬鹿しい」

徳次郎はわざとらしく肩をすくめる。

「さてと」

勘兵衛は一同を見回す。

「今日もみんな、揃っているね」

北側の木戸のとっつきが産婆のお梅、その隣から順に大工の半次、ガマの油売りの浪人左内、鋳掛屋《いかけや》の二平《にへい》。南側が手前から箸《はし》職人の熊吉《くまきち》、小間物屋の徳次郎、易者の恩妙堂玄信、飴屋《あめや》の弥太郎《やたろう》、女髪結のお京。十軒長屋だが北側の奥が空き店なので、住人は九人。今朝も顔触れは全員揃っている。

どこの長屋でも大家が朝に見廻り、店子と挨拶を交わすとは限らないが、勘兵衛長屋では朝の見廻りを怠らない。それもまた、大事なお役目なのだ。

外は寒くとも、店子たち、それぞれのんびりしていて、朝から賑やかに軽口。顔つきもみんなおおらかである。

師走はまだ始まったばかりだが、米屋、酒屋など商家の掛け取りがそろそろ付けを回収するために奔走するだろう。貸したほうも借りたほうも、一年分の収支の帳尻が合わなければ、めでたく新年を迎えられないのだ。年末はだれもが金の工面と正月の準備で忙しくなる。

ここ勘兵衛長屋は世間と比べて、店子たちはだれひとり暮らしに困っていない。どの長屋でも月末に大家が店賃《たなちん》を集めに回るが、勘兵衛長屋では晦日《みそか》ごとに大家から少なからぬ店賃が店子に下げ渡される。金の出どころは公儀老中を務める小栗藩松平家であり、隠密への手当なのだ。

長屋の九人は一見、ありふれた裏店暮らしの庶民だが、稼業も年齢も様々でみな独り者、当然ながらこの長屋には夫婦も親子も子供もいない。長屋住まいは世を忍ぶ仮の姿。

よくもまあ、こんな連中が集まったものだな。最初、亀屋の二階座敷で顔合わせをしたとき、勘兵衛は少々呆れたが、それぞれ、侮れない異能の持ち主であった。

産婆のお梅は六十をいくつか過ぎており、店子の中では一番の年上である。が、名前のごとき梅干し婆さんではなく、背筋はしゃんと伸びていて、顔にも皺はほとんどない。地主の井筒屋の世話で産婆の組合に入り、この長屋で開業して、すでに何人かの赤子を取り上げている。元は奥医師の寡婦《かふ》。女ゆえ医者にはなれなかったが、亭主以上に医術に通じ、数々の薬草の効能にも詳しい。長屋の箪笥の小引出しに仕舞ってある気付け薬から眠り薬、風邪薬までなんでも煎じて役立てる。

大工の半次は三十前、剽軽《ひょうきん》でへらへらしており、くだけた職人言葉を駆使して軽口を言う。どこから見ても下町の町人で江戸生まれ江戸育ちの江戸っ子と称するが、元は屋敷の修理などを管轄する作事方《さくじかた》。親の代から江戸詰めで、生まれ育ちは嘘偽りなく江戸である。若い頃からの芝居見物が過ぎて、とうとうお役御免となった。特技は変装と声色《こわいろ》で、一度会えば相手の特徴を巧みにつかみ、しゃべり方から立ち居振る舞いまでそっくり真似ることができる。そこを江戸家老の田島半太夫に買われ、隠密に加わった。井筒屋の世話で大工の棟梁に弟子入りし、見習いとして鍛えられ、今は半人前ながら、普請があれば出かけていき、大工仲間とも気さくに付き合う。相変わらずの芝居好きで、閑《ひま》があれば堺《さかいちょう》町や葺屋町《ふきやちょう》や木挽町《こびきちょう》の三座、寺社《じしゃ》の小芝居、両国や奥山の寄席や見世物小屋にも足を運ぶ。

小間物屋の徳次郎は二十五、見るからにさわやかな美男で、櫛《くし》や簪《かんざし》、紅《べに》や白粉《おしろい》、細々《こまごま》とした品を担いで商家を中心に町を売り歩く。元の身分は江戸詰めの小姓《こしょう》。奥女中との不義間違いが発覚し、あわや切腹を仰せつかるところ、田島半太夫のはからいで元の素性を捨て隠密に加わる。声音も柔らかく、女の扱いに秀でており、女とみればうまく取り入り、商家の台所などで小間物を広げて商いしながら、様々な秘密を探り出す。同世代の半次と馬が合い、お互い軽口を言い合うほど仲がいい。

箸職人の熊吉は凄みのある巨漢である。背も高く、横幅は常人の二倍はあり、往来を歩くと、だれもが恐れて道を避《よ》ける。元は江戸詰めの賄方《まかないかた》で、大食いであったため同僚から白い目で見られることも多かった。気は優しく内気だが、拳法と柔術の心得があり、素手《すで》でどんな相手でも倒せる怪力の持ち主。そこを見込まれ、隠密に加えられた。引っ込み思案で目立つことを嫌い、居職《いじょく》の箸職人として、普段は長屋の一室でひとり静かに箸を削っている。

鋳掛屋の二平は小柄で色黒の丸顔、四十になったが、その風貌から炭団《たどん》小僧と呼ばれることもある。鞴《ふいご》や工具類の入った大きな道具箱を担いで町を流し、呼び止められたら、その場に荷を下ろして鍋や釜を修理する。元は国元の鉄砲足軽《てっぽうあしがる》で、父から仕込まれて射撃の名手となり、若い頃は出羽の山を駆けまわり、猟師顔負けに獲物を仕留めた。十年前、若狭介が主君となって国入りしたとき、各種飛び道具の腕前を御前で披露し、褒美として鉄扇《てっせん》を賜った。八年前に鉄砲方が廃止となったので、以後は江戸本所《ほんじょ》の下屋敷で武器庫の番人を務めていた。あらゆる武器や火薬に通じるところから、若狭介直々《じきじき》に声がかかり、隠密に加わる。

易者の恩妙堂玄信は四十半ば。元は小石川に拝領屋敷を持つ祐筆《ゆうひつ》であった。易学ばかりか、和漢の書に通じる知識人。古今東西の故事から下世話な戯作芸能にも詳しく、知識をひけらかすのが玉に瑕《きず》。それゆえお役を退き、隠密に加えられた。普段は大道で通行人の人相や手相を見て、悩み事の相談にも応じるが、ときたま神田《かんだ》三島町《みしまちょう》の瓦版屋《かわらばんや》紅屋《べにや》に出入りし、世直しのネタを仕入れる傍ら、一筆斎《いっぴっさい》の筆名で戯作めいたネタを自ら書くこともある。

浪人橘左内は四十前。寺社の縁日などでガマの油の膏薬を売る香具師《やし》である。元は国元の馬廻役《うままわりやく》。剣の達人で三年前、若狭介国入りの際、城下の御前試合に勝ち抜き、不服を訴える相手と真剣勝負となり、得意の居合でこれを倒した。試合で勝っても相手の命を奪ったことで称賛はされず、国元に居づらくなって江戸に移ったが、白い目で見られるのがいやさに、身分を捨て隠密となった。軽々とした町人の江戸言葉がしゃべられず、浪人で通し、井筒屋の世話で浅草《あさくさ》の香具師に紹介されて、得意の剣で紙吹雪を舞わせてガマの油を売っている。

飴屋の弥太郎は二十そこそこであろうか。中肉中背で美男でもなければ醜男でもない。ほとんど目立たないのだ。面白おかしい売り声で安価な飴を売り歩くが、別に売れなくとも支障はない。元は江戸家老田島半太夫子飼いの忍びであり、身軽で気配を消し、尾行、潜入、盗み聞き、なんでもできる。

女髪結のお京は二十四、五の美女。商家や芸者置屋に出入りし、女たちの髪を結うが、ときには色っぽい芸者に扮したり、初心《うぶ》な町娘から高貴な奥女中にまで成りすます。弥太郎同様にどこにでも忍び込むのは、お京もまた半太夫配下の忍びだからで、弥太郎もお京も実際の年齢は不詳である。

四月《よつき》前の顔合わせで、それぞれ元の身分や隠密となった経緯は明かされた。勘兵衛は小身で微禄の勘定方であったが、作事方や賄方も似たような軽輩である。馬廻役、小姓、祐筆は主君の側《そば》近くに仕えるため、高禄で地位も高い。奥医師もまた上位であるが、寡婦の身分はあってなきがごとし。小栗藩では鉄砲足軽は名字帯刀を許されていても、士分としては最下級である。家老直属の忍びは陪臣であり、そもそも内密の役目であるため藩籍に属さない。

が、同じ長屋の店子となった以上、元の身分にはだれもこだわらず、仲良くしている。ただし、だれひとり本当の名は名乗っていない。勘兵衛はもとより、産婆のお梅、大工の半次、浪人の橘左内、みな偽名を通り名とし、お互い納得して呼び合う。彼らの本名をすべて知っているのは、選別に奔走した江戸家老の田島半太夫と主君である松平若狭介だけで、決して仲間内にも知れることはない。九人の店子と大家勘兵衛は庶民として偽装され、町名主の人別帳に届けられている。元の身分を詳しくたどれば本名も知れようが、余計な詮索は無用なのだ。

隠密たちは普段、大工をしたり、箸を削ったり、赤子を取り上げたり、ガマの油を売ったりしているが、本来の仕事は老中若狭介より内密の指令を受けて、江戸の悪事を探り出し、悪人を退治する世直しである。

最初の仕事は九月であった。大奥《おおおく》の御年寄《おとしより》に取り入った仏具商山城屋《やましろや》が悪徳祈禱師隆善《りゅうぜん》を手先に使い、子宝を祈願する商家の女房や武家の妻女たちを次々と手込めにして荒稼ぎしているのが判明したので、知恵を出し合い力を合わせて、一味を追い詰めて、首領山城屋を獄門に追い込んだ。

その次が先月、陰富《かげとみ》と闇の高利貸しで巨万の富を築いた質屋津ノ国屋《つのくにや》を追い詰め、一味を御仕置に追いやり、津ノ国屋の莫大な私財は町奉行所を通じて江戸城の御金蔵に納められた。

四月《よつき》の間にふたつの大仕事。悪は退治され、世の中平穏に保たれたが、隠密の働きは決して表に出ない。とはいえ、長屋の店子一同、老中若狭介から称賛され、十一月の晦日に過分の店賃を頂戴しており、師走にあくせく働くこともない。が、なにもせずにぶらぶら遊んでいるだけでは世間に怪しまれる。公儀に素性が知れたりすると、どんな咎めを受けるかしれない。暮らしに余裕があっても、ごくあたりまえの長屋の住人らしく、それぞれ稼業は続けなければならないのだ。

「さあ、みんな。外は寒いが、今日もいい天気だ。よろしく頼みましたよ」

「へーい」

二

年末年始はどこの寺社もいつもより参詣人が多く、参道は賑わい、露天商の書き入れどきである。師走になってまだ間がないが、湯島天神《ゆしまてんじん》は大層な人出であった。

商売人だれもが好き勝手に場所をとれるわけではない。寺にも神社にも売り場を決める元締めがいるので、きちんと地回りの親分に挨拶し、話を通して場所をあてがわれ露店を構える。決まった場所以外での商売はご法度《はっと》なのだ。

所狭しと並んだ店は雑多である。田楽、団子、焼き芋などの食い物。甘酒、抹茶などの飲み物。茶碗、皿、花瓶などの陶磁器。古着、下着、反物などの衣類。人形、独楽、お手玉などの玩具。小鳥や二十日鼠などの生き物や盆栽などの植木。手品、曲芸、辻講釈などの芸人。静かに座って客を待つだけの者から大声で口上を面白おかしく述べる者もいる。それぞれの商売がお互い支障をきたさぬよう場割りするのが元締めの役目でもある。

橘左内の商売は祭礼の縁日が多い。勘兵衛長屋で露店商売はガマの油売りの左内と易者の玄信だけだが、玄信は祭礼や縁日には顔を出さず、たいてい夕暮れの柳原《やなぎわら》あたりに出没する。飴屋の弥太郎は売り声を出しながら歩くので店は持たない。鋳掛屋の二平や小間物屋の徳次郎も町を流すだけ。熊吉などは長屋にこもって一日中細々と箸を削っている。日銭が一番入るのは大工の半次で、普請があればいい銭になる。産婆のお梅も女髪結のお京も上客がつけば、少しは儲かるかもしれない。たいした稼ぎにならなくても、晦日に店賃をいただけるので、だれも困らない。

普段は着流しに落とし差しの左内も、ガマの油を売るときだけは商売用に身なりを整える。袴《はかま》を着け、襷《たすき》掛け、浪人なので月代《さかやき》は伸ばしたままだが、頭に鉢巻《はちまき》を締める。仕事もろくにせず、世間話をして無駄に時を費やすことを俗に油を売るというが、左内の売るガマの油は膏薬である。乱世に斎藤山城守《さいとうやましろのかみ》は油売りから身を立てて名高い武将となったそうだが、泰平の世のガマの油売りではこの先立身の見込みはない。出世する気もさらさらないが、襷に鉢巻は以前の剣術試合を思い出す。思えば、三年前の城下での御前試合が左内の運命を変えたのだ。

国元では百石取りの馬廻役であり、百石といえば幕臣の旗本格である。小栗城下の屋敷で病身だった妻が亡くなったあとは後添《のちぞ》えをもらわず、子もなかったので、老母と静かに暮らしていた。馬廻役は馬上の主君を警護する重要な役目であり、武芸に秀でていなければ務まらない。それゆえ、幼い頃より剣の腕をみがく。それがなによりの生き甲斐であった。

先代藩主は武芸を奨励しており、城下にはいくつかの流派の剣術道場があり、現藩主の若狭介もまた質実剛健の気質を受け継ぎ、三年前、帰国にあわせて御前試合が行われた。各道場からよりすぐりの腕自慢が集まったのだ。武芸を奨励はしているが、小栗藩には特定の流派によるお抱えの剣術指南所がなく、藩士はそれぞれ自分の身のほどに合う好きな道場を選ぶことができた。

御前試合は藩士のみに参加が許され、各道場が覇を争い腕を競い合う。左内は師範から太鼓判を押される流派随一の使い手であり、試合では他流の道場の門人たちを次々と打ち負かし勝ち進んだ。最後の相手は道場は違うが、家中で凄腕として知られた同年配の納戸役《なんどやく》で、見るからに堂々として精気に溢れていた。ここまで勝ち進んできたのだから、腕は間違いなかろう。

勝負は長引いたが、木剣とはいえ鎬《しのぎ》を削る激しい接戦で、紙一重で打ち込み、左内が勝った。流派対流派、道場対道場の戦いでもあり、相手方が判定に不服を言い立てた。左内が打ち込む寸前に、相手の木剣がわずかに早く、左内の胴をかすっていたというのだ。

勝ったからといって、その流派が藩の指南役に選ばれるわけではないが、門弟は増えるかもしれない。その場はなんとか収まったが、結局、後日に真剣での勝負を挑まれた。理非は剣の勝敗で決まる。左内は迷わずにこれを受けた。

断ればよかったと今でもたまに思う。木剣であろうと真剣であろうと、自分は負けるはずはないとの驕《おご》りがあった。勝てばさらに自分を高められ、名も上がり、だれからも称賛されると。

それまで真剣で立ち合ったことは一度もない。木剣と真剣では重量が違い、覚悟も違う。一流の武芸者を目指し、常に真剣での稽古は欠かさず、藁束をすぱっと切り落とすのは快感であり、さすがに人を斬ったことはなかったが、居合の心得は充分にあると自負していた。

勝負の場所は城下のはずれ、それぞれ各道場から二名の後見人を出し、公正を期するため藩の重役が立ち会った。

いざっ。抜いた瞬間に勝負が決まっていた。真剣勝負に引き分けはない。刀を抜けば必ず人が死ぬ。自分が死ぬか、相手が死ぬか。相討ちの場合はどちらも死ぬ。その覚悟がなければ、決して抜いてはならぬのだ。剣術の修行は本来、人を殺す修行である。多量の血を流し相手は血だまりに倒れていた。

高萩左近《たかはぎさこん》、納戸役で享年三十五。生まれたばかりの男の子がいたと後《のち》に知った。気質は穏やかで善良、お役目にも忠実、妻女や赤子を大切にし、両親にも孝行な好人物であったという。御前試合は紙一重の差だが、判定は正しかったと左内は今でも信じている。相手が真剣勝負を挑んだのは流派や道場の面目を重んじたのであり、正義や理非のためではなかったかもしれない。勝敗は時の運である。そして、左内はなんの悪意もなく高萩左近の命を奪った。

藩の重役が立ち会った正式の勝負であり、咎めこそ受けなかったが、勝ったところで、だれにも褒められず、城下では人殺しを見るような白い目で見られた。無口で不機嫌そうな老母と毎晩、差し向かいでの夕餉は味気なく、国元に居づらくなった左内は単身江戸詰めを志願し、受け入れられた。

昨年末、国元から老母の死を知らされ、一時帰国を願い出、弔いを済ませ屋敷を整理するのに多少手間取り、年が明け、春に江戸に戻ると、家老の田島半太夫に呼び出された。

「どうであろう。命を捨てる覚悟で、藩随一のその腕、御家の役に立ててくれぬか」

主君若狭介の老中就任にともない、家中から密かに異能の隠密を選別している。隠密は陰の仕事であり、名を捨て、家を捨て、身分を捨て、場合によっては命も捨てねばならぬ。どんな手柄を立てようと、出世とも名声とも無縁である。多額の報酬があるわけでもない。

妻も死に、母も死に、子はなく、同輩を殺した男として周囲の目は冷たかった。元々気心の知れた友もなく、国元にも江戸屋敷にも居場所がなかったので、家老からの申し出、一も二もなくありがたく承知した。百石は召し上げになるが、遺す身内もいないので、かえってさっぱりだ。

しばらくして、主君若狭介に拝謁する。

「よく引き受けてくれた。礼を言うぞ」

「ありがたき幸せにございます」

「三年前の国元での剣術試合、よく覚えておる。そのほう、凄まじく強かったな」

「いいえ、お恥ずかしゅうございます」

「その後の真剣勝負のことを申しておるのなら、なにも恥じることはない」

「ははっ」

「剣は人を殺しもするが、生かしもする。どうじゃ、そのほうの剣の腕、わが小栗藩のためだけでなく、世のため、人のために役立ててくれ」

「わたくしにできますことなれば」

「試合とはいえ、罪のない者を殺《あや》めたこと、周りから責められた気になり、そのほう、心苦しく思っておろう」

「あ、いいえ、そのようなことは」

「そのほうが討ち取った高萩左近には子があった。あれから三年、遺児千太郎《せんたろう》はこの春で四つになった。わしは高萩家を潰さぬよう国家老に伝え、あのあとすぐに隠居した高萩左近の老父を復職させ、扶持を与えておる」

「まことでございますか」

左内は思わず主君を見上げた。

「いずれ、何年かすれば、千太郎が元服し、高萩家は安泰となろう。そのほう、いささかも気に病むでないぞ」

「ははっ」

なんという慈悲深い殿であろうか。領民にも家臣にも名君と讃えられ、若くして公儀老中に抜擢されただけのことはある。左内は目頭を熱くする。

「そのほう、隠密となれば、名を捨て、家を捨て、闇に生きるのじゃ。今、町場に長屋を用意しておる。身分を捨てて、細民として生きる覚悟はあるか」

「はい、いかようにも。殿、名を捨てよと仰せでございますが、今、ふと、新たな名を思いつきましてございます」

「ほう」

「橘左内、いかがでございましょう」

「うむ。右近《うこん》の橘左近《さこん》の桜《さくら》と申すのう。間もなく桃《もも》の節句じゃ。そこから思いついたか」

「わたくしが倒しましたのが高萩左近、真剣勝負には勝ちましたが、腕は互角。あのとき死んでいたのはわたくしであったかもしれませぬ。それゆえ、萩を橘に、左近を左内にいたしました。橘左内、この名を名乗るたびに、死したるあの者の弔いにもなりましょう」

「おお、見事じゃ。橘左内。よい名である。隠密は命を捨てる覚悟がなければ務まらぬが、死したる高萩左近の分まで長生きしてくれ。そして、今後はためらうことなく存分に悪を斬るのじゃ」

橘左内は江戸藩邸を去り、浪人となって通旅籠町の井筒屋作左衛門《さくざえもん》を訪ねた。井筒屋は黄表紙、洒落本、読本、狂歌本、浮世絵など各種大衆本を扱う地本問屋で、戯作の版元も兼ねている。

「ようこそ、お越しくださいました」

還暦を過ぎた作左衛門は中肉中背でふっくらと温厚そうな顔つき、髪は白くなってはいても、年齢よりは若々しく見える。今は大店《おおだな》の主《あるじ》だが、かつては小栗藩の家臣で、江戸家老田島半太夫の配下として市中を探索する隠密であった。

藩籍を離れて二十年、小さな貸本屋から始めて、商才を発揮し、大店の地本問屋に発展させた。今回、半太夫から相談され、町の裏長屋に隠密を潜入させる案を出したのが井筒屋作左衛門であったのだ。

「橘左内さん、ようございます。お世話いたしましょう。今、この近くの田所町に町場の長屋を普請しているところでして、出来上がるのは夏から秋ぐらいになりましょうか。いずれ、その長屋を住まいとなされ、お殿様からのお指図でお役目を果たしていただきます。ですが、まずは町人となって生業《なりわい》を身につけてくださいませ」

「井筒屋殿、つかぬことをうかがいますが、どうしても江戸の町人にならねばなりませぬか」

「はい、長屋住まいはたいてい町人と決まっております。職人になるか、小商人になるか」

「拙者、出羽の小栗城下で生まれ育ち、武家として暮らしてまいった。江戸の町人にはなれませぬ」

「そうおっしゃられても。隠密は何にでもならねば」

「いかがでござろう。拙者、剣の腕をご家老より見込まれてこのお役目を引き受けたのだが」

「それは存じております」

「江戸の長屋には諸国から流れ来たる浪人者が多数おると聞く。隠密として、拙者が慣れぬ町人の言葉など話せば、かえって怪しまれるであろう。どうじゃな。浪人のまで、長屋に住むというのはいかがでござろう」

「うーん」

作左衛門は首をひねる。

「はあ、さようでございますなあ。江戸の言葉がしゃべられない。ほかのみなさんも、これからお世話していくところですが、ご浪人ねえ。ま、他の方々はほとんど江戸詰め、お武家でも江戸育ちとうかがっておりますんで、なんとかなりましょうが、おひとりぐらい、毛色の違った方がいらしても、いいかもしれません」

「お頼み申す。この通りじゃ」

「承知しました。で、橘さん、剣の達人とのことですが、人はどのくらいお斬りになりました」

「お恥ずかしいが、まだひとりでござるよ」

「え、おひとり」

「殿から、今後は好きなだけ悪を斬れと言われておるがのう」

左内は井筒屋の世話で浅草の香具師の親方に引き合わされた。元隠密の作左衛門は今は地本問屋。商売柄、あちこちに顔が利く。昔、世話になった出羽のお武家が、飢饉のあおりで主家が傾いて浪人となり、江戸に頼ってきた。自分が請け人になるので、仕事を世話してもらえまいかとの依頼である。

「さようでござんすか。出羽のご浪人さんねえ。他ならぬ井筒屋さんのお頼みとあれば、一肌《ひとはだ》脱ぎましょう」

長屋住まいの浪人の身過ぎ世過ぎは、たいてい傘張りと決まっているが、親方がいうには、剣の腕に覚えがおありなら、博徒《ばくと》の用心棒という手もある。が、あれは少々殺伐として剣呑だ。たいして儲からなくてよければ、ガマの油売りはどうか。本身《ほんみ》をお持ちのようだから、半紙を何重にも重ねて細かく切りきざみ、扇子《せんす》を使って、紙吹雪を飛ばせることができれば、すぐにも商売になると。

左内は懐から取り出した一枚の紙をひらひらと舞わせて、一瞬に抜き放った脇差で素早く宙を切ると、細かく刻まれた紙吹雪となった。

親方ばかりか、作左衛門も息を吞み込んだ。

「うわあ、橘さん、なんです。今のは」

「驚いたなあ、どうも。ご浪人さん、こいつは新手の手妻《てづま》ですかい」

「いえ、ただの手慰みでござる」

親方は膝を打った。

「よござんす。さっそくにガマの油をやっていただきましょう。まずは口上を覚えてもらわなくちゃなりません。こいつは紙吹雪より難しゅうござんすよ。もしも、ガマの油売りが性に合わないんなら、両国か奥山の見世物小屋で剣の舞というのもいいかもしれませんが。まあ、とりあえずガマの油で」

田所町の長屋は普請が始まったばかり。左内は作左衛門の世話で、浅草の裏長屋に拠点を置き、親方の元に通って、子分からガマの油売りの手順を覚えた。

組み立てた台の上に大きなガマ蛙《がえる》の置物を看板として置く。そして売り物のガマの油、貝に入った膏薬を並べる。袴に襷掛け、頭に鉢巻。衣装をつけて口上の稽古。紙に写した油売りのせりふを年季の入った子分の前で語るのだが、これがなかなか覚えにくい。

「ええっと、さあさあ、御用とお急ぎのない方は、ゆっくりとお聞きなされて、くださりませ」

「橘さん、ええっとはいらないよ。それにちょいと重いねえ。もっとさらっと言ったほうがいいや」

「はあ。承知いたした。遠目山越《とおめやまご》し笠《かさ》のうち、ものの文色《あいろ》と理方《りかた》がわからぬ」

「そこは、もうちょいとゆっくり言わなきゃ、早口すぎて、ものの文色と理方どころか、なに言ってんのか、さっぱりわからないや」

「拙者もよくわかりませんのじゃ。ものの文色と理方とはなんでござる」

「うーん、文色はあやいろのことで、ものの様子ってところかなあ」

「理方とは」

「理方ってのは、理屈や道理のことだよ。あんた、ご浪人にしちゃ、学がないねえ」

好き勝手を言う子分であるが、ここは下手《したて》に出て、うなずく左内である。

「なるほど、ものの文色と理方がわからぬとは、ものの様子や道理がわからぬ者のことでござるな」

「そういうことだよ。続けてみなせえ」

「はい。山寺の鐘は、ごうごうと鳴るといえども、童子来たりて鐘に撞木《しゅもく》を当てざれば、鐘が鳴るやら撞木が鳴るやら、とんとその音色がわからぬ」

「まあ、そんな調子だが、なんのことかわかるかい」

「うむ。鐘に撞木を当てれば、鳴るのは鐘であり、木で出来た撞木が鳴るとは思えぬが、これはいかなるわけでござろう」

「そいつは、あっしもわからねえ」

「奥が深うござるな」

「さあ、どうぞ、続けなすって」

「手前、大道《だいどう》に未熟な渡世をいたすといえど、投げ銭、放り銭はもらわぬぞ。ほう、投げ銭などいたす者がおるのか」

「物乞いじゃないから、口上だけで投げ銭があるわけないけど、おまえさん、紙切りの技がすごいらしいから、ひょっとして、紙吹雪で銭が飛ぶかもしれねえよ」

「ほう、それは豪儀じゃ」

「さあ、続けなせえ」

「手前、持ちいだしたるは、これにある四六《しろく》のガマの油じゃ。さて、お立ち合い、四六、五六《ごろく》はどこでわかる。前足の指が四本、後足《あとあし》の指が六本、これを名づけて四六のガマ。あの、よろしいかな」

「なんです」

「このガマの置物はたしかに前足の指が四本、後足が六本にできているが、そのようなガマがおるのであろうか」

「橘さん、そんなところで引っ掛かってちゃだめだよ。口上なんだから、それらしく言えばいいのさ」

「相わかった。このガマの棲める所は、これよりはるか北にあたる筑波山《つくばさん》の麓《ふもと》にて、ガマの獲れるのは五月に八月に十月、これを名づけて五八十《ごはっそう》は四六のガマだ。このガマの油をとるには、四方に鏡を立て、下に金網を敷き、その中にガマを追い込む。ガマはおのれの姿が鏡に映るのを見て驚き、たらりたらりと脂汗《あぶらあせ》を流す。これを下の金網にてすき取り、柳の小枝をもって、三七、二十一日の間、とろりとろりと煮つめたるがこのガマの油だ」

「おっ、橘さん、いい調子だよ」

「さようか。効能は切り傷、すり傷、かすり傷、冬場はひび、あかぎれ、尾籠《びろう》な話で失礼だが、切れ痔、イボ痔、その他、腫れ物一切に効く。うむ。この油、まことに効きますのか」

「いや、ほんとか嘘か、おまえさん、売るんだから、そこを疑っちゃいけないよ。気の持ちようで効くと思えば効くよ」

「なるほど。いつもは一貝《ひとかい》で百文《もん》であるが、今日はお披露目のため二貝で百文だ、さあさあ、お立ち合い。はて、一貝でも二貝でも百文なのじゃな。一貝で五十文にはなりませぬか」

「ならないねえ。仕入れ値は一貝で三十二文。二貝で六十四文。それを百文で売れば、三十六文の儲けだ」

「売れますかのう」

「そこはおまえさんの腕の見せ所。さあ、次が紙切りだよ」

「手前持ちいだしたる業物《わざもの》、ごらんの通り、抜けば玉散る氷の刃、さあ、お立ち合い、近う寄ると危のうござるぞ」

　左内は半紙を一枚取り出し、ひらひらと舞わせて、さっと抜き打ちに宙で切り刻み、紙吹雪を舞わす。感嘆する子分。

「いやあ、橘さん。というか、先生、お見事。畏れ入りました。その紙吹雪だけで投げ銭が稼げますよ」

「たいしたことはござらぬ」

「紙吹雪で周りを感心させておいて、刀でちょいと腕を切る真似をします。ほんとに切っちゃいけませんよ。切るふりだけで、隠し持った紅を腕につけると、血が出ているように見えます。そこで次の口上、どうぞ」

「この傷へガマの油をこすっていただく。ぴたっと、ほらこの通り、血が止まったであろう。川中島《かわなかじま》の戦《いくさ》において、かの上杉謙信《うえすぎけんしん》公、武田信玄《たけだしんげん》公、ふたりの武将がこのガマの油をもって戦うた。二貝、わずか百文、お持ちくだされ」

「うん。まあ、いいですねえ。姿形は武芸者に見えます。なんといっても紙吹雪の技がすごいや。口上はもうちょっと、紙に書いたのを読むんじゃなくて、すらすらと空《そら》で言えるように、頭ん中に入れてくださいな」

口上を覚えて形になるまで、ひと月ほどかかった。あとは香具師の親分の世話で、近隣の寺社の祭礼縁日などに浅草の長屋から通い、実地で商売を覚えた。

なかなか暮らしが立つほどの儲けにはならなかったが、藩を離れるときに支度金を頂戴し、香具師の取り決めは親方が口をきいてくれ、浅草の長屋での町内の付き合いになにかあると、井筒屋が世話してくれた。

夏が終わり、初秋七月の盂蘭盆《うらぼん》は母の新盆であったが、迎え火も焚かず、なんの供養もしなかった。そもそも国元の屋敷を整理した際、仏壇も神棚も処分したので、神仏とは縁が切れたと思っている。

井筒屋から田所町の長屋がようやく出来上がるとの連絡があったのが、盆も過ぎた七月下旬のことで、引っ越したのが八月初旬。着の身着のまま、腰の大小とガマの油売りの道具一式を携えただけの手軽な入居である。

江戸市中に散らばり、それぞれ井筒屋の世話で町人としての生業《なりわい》を身につけていた者たちが、田所町の十軒長屋に移ってきた。おそらくは、半年の間に特技のある者が選ばれ、左内がガマの油売りを修練したように、なにがしかの稼業を身につけたのであろう。

浅草の裏長屋は厠の臭いに閉口したが、田所町の長屋は新築で木の香りがかぐわしかった。

「えっへっへ」

朝、井戸端で水を汲んでいると、半纏《はんてん》姿の職人風の男がにこにこ笑いながら、声をかけてきた。

「おはようござんす」

「うむ、おはようござる」

「あっしはゆうべ遅く越してめえりやした半次てえもんで。へへ、お初にお目にかかりやす。どうぞ、お心やすうにおねげえいたします」

「拙者、橘左内と申す。よしなに」

「へえ、橘さん。ご浪人さんですかい」

「さよう」

「こいつは珍しいや。みなさん、町人だけかと思っておりやした。で、ご商売はなにか」

「ガマの油売りでござる」

「わあ、よろしゅうござんすねえ。抜けば玉散る氷の刃ってやつか。へへ、あっしは見ての通りのでえくでして」

「でえくとは、なんでござろう」

「ああ、ちいとばかし職人訛《なま》りがきつうございましたね。大工でございますよ。なあに、この長屋をおっ建てたのもあっしでさあ」

「ほう、そなたがこの長屋を」

「といっても、棟梁に弟子入りしてまだ半人前、下仕事で手伝っただけでござんす」

左内は心底驚いた。長屋の住人はみな、家中から選ばれた異能の者たち。武士であるはずだが、この半次のしゃべり方、あまりに軽々しい。左内は浅草の裏長屋に半年暮らし、香具師の子分や地回りとも接していたので、職人や博徒の使う伝法な物言いも多少はわかるが、言葉は氏素性を表すともいう。この半次という大工、果たして家中から選ばれた者であろうか。

「半次殿、つかぬことをうかがうが、そなた、元のお役目は」

「なんと、元の役目を問われるか。それがし、作事方を務めており、江戸詰めでござった。ご家老より召し出され、そのほう、作事方なれば、大工がよかろう。てんで、井筒屋さんに出入りの棟梁に弟子入りしやしてね。十二、三の小僧といっしょにこきつかわれて、ありゃあ、ちょいときつかった」

さらに左内は驚いた。半次は職人言葉から、急に堂々とした武家言葉に言い回しを変え、再び、職人に戻った。

「で、橘さんの元のお役目は」

「拙者、国元で馬廻役でござった」

「うわあ、そいつは豪儀だねえ」

大工の半次と口をきいたのが最初で、左内はそれから同じ長屋の店子たちと徐々に挨拶を交わすようになった。空き店《だな》が一軒あるので、左内を入れて全部で九人。年齢も稼業もまちまちであるが、男七人に女がふたり。半次ばかりかみんながみんな、もの の見事に職人や小商人《こあきんど》、長屋の庶民になりきっているのだ。

最初のうち、細々《こまごま》とした世話は井筒屋の若い奉公人の久助が引き受けていたが、すぐ脇の横町に絵草子屋の亀屋が店開きすることになり、亀屋の主人勘兵衛が長屋の大家を兼ねることになった。亀屋は井筒屋の出店《でだな》であり、久助が番頭を務める。

大家の披露は亀屋の二階座敷で行われ、九人の店子が顔を揃え、勘兵衛が井筒屋作左衛門より紹介されて挨拶した。

「各々方《おのおの》、それがしが大家の勘兵衛でござる。大家と店子は仮初《かりそめ》の親子、われら一丸となり力を合わせて殿のため、世のため人のため、世直しに励もうぞ」

左内は感心した。大家の勘兵衛、只者ではない。歳の頃は五十前後、身なりは町人でも武人の風格、いかほどの器量か、ひしひしと感じられる。まともに立ち合えば、よくて互角であろうか。

あれから四月《よつき》、大家勘兵衛は言葉つきから立ち居振る舞いまですっかり町人になったが、身のこなしには、やはりつけ入る隙がない。

左内は国元の真剣勝負で人をひとり斬っただけだが、隠密を拝命してからのお役目では何人も殺めている。下谷《したや》で辻斬りをしていた旗本の厄介者。女を寄ってたかって手込めにしたと自慢する博徒の子分たち。闇の金貸しの手先の同心。人を斬るのは藁束を切るよりもはるかに爽快であった。


さて、次のお役目が決まるまで、無為に油は売らず、ガマの油を商うとしよう。参詣客でにぎわう師走の湯島天神。場割りで左内は往来にほど近い参道のとっかかりあたりをあてがわれ、右隣が鉢を並べた初老の植木屋でしゃがんで煙草《たばこ》をすぱすぱやっている。左が年増の道具屋で敷いた筵《むしろ》の上に雑多な品、徳利、笊《ざる》、笛、太鼓、扇子、人形、くすんで古めかしい品物を並べ、その真ん中にちょこんと座っている。

両隣、どちらも愛想はよくないが静かなので、左内が多少声を出して口上を言っても商売の邪魔にはならないだろう。辻講釈や熊の胆《い》などの薬売りが隣だと、なにかと都合が悪い。そこは場割りの親方も心得て配分しているようだ。

昼下がり、ささっと襷を掛けて鉢巻を締め、素早く台を組み立て、幼子なら怖がりそうな大きなガマの置物と膏薬の入った貝を並べ、左内は口上を語り始める。

「さあさあ、御用とお急ぎのない方は、ゆっくりとお聞きなされて、くださりませ」

ガマの油を売る商売人はあちこちに出没しており、みな、ほぼ同じ格好で同じ口上である。珍しくもないのか、通行人はだれも立ち止まらず、知らん顔である。

「効能は切り傷、すり傷、かすり傷、冬場はひび、あかぎれ、尾籠な話で失礼だが、切れ痔、イボ痔、その他、腫れ物一切に効く。いつもは一貝で百文であるが、今日はお披露目のため二貝で百文だ、さあさあ、お立ち合い」

懐から紙を取り出す。いつもの紙吹雪で通行人の足を止めよう。物好きが銭を投げれば、しめたもの。さっと受けると、身のこなしが案外喜ばれて、さらに銭が飛ぶのだ。さあ、紙吹雪の技、ごろうじろ。刀の柄に手をかけたその時である。

「うわああ」

おや、まだ紙吹雪も舞わないうちに、声があがった。

「きゃああ」

今度は女の悲鳴のようだ。声がするのは遠く本殿のあたりであろうか。隣の植木屋も道具屋も、向かいの甘酒売りも、身を乗り出す。と、大勢の通行人、参詣の善男善女が叫びながら、往来に向かって押し寄せてくるのだ。なにごとであろう。

「大変だあ」

「みんな、逃げろっ」

いったいなにが起きているのだ。周りの露天商たちは下手《へた》に動くわけにもいかず、植木屋も瀬戸物屋も店の品はそのままにして、身をひそめるようにじっとしている。

露店の並ぶ狭い参道を小走りに往来に向かって逃げる人々。が、人数が多すぎて、早くは走れない。が、どんどん往来に流れ出ていく。ふと見ると、逃げる群衆の末尾に若い町人が包丁を振り上げて、なにか喚《わめ》いているのが見えた。みな、恐れて逃げ回るばかり、だれも男を止めようとしない。だんだんこちらに近づいてくるぞ。

あともう少しで往来というのに、逃げていた老爺《ろうや》が自分の杖に足を絡ませて転ぶ。ぎっしりと並ぶ露店が邪魔で参道の脇に逃げ込めず、今度は転んだ老爺にぶつかり、別の通行人が倒れる。そうなるともう、目も当てられない。左内のちょうど手前で若い娘に手を引かれていた老女が腰を抜かし、うずくまる。そこへ包丁の男が目を血走らせて近づいた。

「おのれ、思い知れ」

男は包丁を振り上げ、老女を庇っていた娘に斬りかかろうとする。

「危ないっ」

だれかが叫んだ。

左内はなにも考えず、目にも留まらぬ速さで駆け寄った。拳の当て身が男の腹に直撃する。

「ううっ」

男は一声呻いて、包丁を握りしめたまま悶絶した。

「ガマの先生、大丈夫ですかい」

元締めの手下の若い衆《し》がやってきて、口から泡を吹いている男の手から包丁を奪い、左内に声をかけた。

「うむ、大事ない」

ああ、よかった。紙吹雪の最中なら、男をそのまま抜き身で斬り捨てていたかもしれない。そんなことになったら、いろいろと厄介だ。大勢が見ている前で人など殺せば、たとえ相手が刃物を振り回していても、町方に呼び出されるなり、面倒な手続きがあるだろう。請け人の井筒屋にも迷惑がかかり、下手をすると隠密長屋に手が回るかもしれない。湯島天神の境内で殺生せずに済んだのは、道真《みちざね》公の御加護であろうか。信心深くもない左内だが、ほっと胸を撫でおろした。

# 三

天神様の周辺には町がいくつかあるが、刃物の男は北側の坂道を下りてすぐの切《きり》通《どおし》町《まち》の自身番に連れていかれた。口から泡を吹いて気絶してからも、なかなか息を吹き返さず、左内が活を入れて、ようやく目を開けたが、朦朧としたままだったので、若い衆ふたりが両脇を抱えるようにして、自身番まで運んだのだ。

行きがかり上、左内も同道することになった。暴れる男を取り押さえ、参詣人の危難を救ったのは大層なお手柄だから、その経緯を町役に届けるようにと。大げさにしたくないので断りたかったが、係わり合いを避けて手柄を否定し、下手に勘繰られるのも厄介だ。結局、ガマの油の一式は元締めの手下が預かるというので、襷に鉢巻のまま、自身番までやってきた。

神社や寺の敷地内で騒動が起こった場合、それを詮議するのは寺社方の管轄である。今回の一件は男が参道で包丁を振り回し、あわやというところを左内が当て身を食らわせた。参道は境内なので、本来なら男は社務所にでも押し込めとなるはずだが、そうはならなかったのだ。

参道とはいえ、ほとんど目と鼻の先が往来であり、往来は町方である。大名である寺社奉行は僧侶や神官の不始末を取り調べ、裁決を下すが、窃盗、傷害、殺人など不浄な悪事の詮議は町奉行所が得意とする分野である。

追われた盗賊が寺に逃げ込んだら、町方はそれ以上深追いできない。そんな場合は寺内でこれを捕縛し、町方に差し出すか、あるいは寺から賊を追い出し、出てきたところを町方が取り押さえる。中に踏み込めなくとも、そういう悪党は町方で取り締まる決まりなのだ。

ぎりぎり参道ではあるが、ほぼ往来なので、これは町方の分担でよかろう。面倒を避けたい神官の判断で、男は若い衆ふたりに連れられて切通町に運ばれ、左内も同道したのだ。自身番の入口は開かれており、かなり年配の番人が顔を出した。

「いかがいたしました」

「天神様でちょいとした騒動がありましてね」

若い衆が説明する。

「さようですか。では、中へどうぞ」

自身番の広さは九尺二間の長屋とほぼ同じ。入ってすぐの畳の間に火鉢と文机《ふづくえ》があり、茶道具などが置かれている。番人は若い衆に手伝わせて、男を縛り、奥の板の間に留め置いた。

「みなさん、ちょいとこちらでお待ちいただけませんかな」

番人は表に出て、近所の者になにか話して、畳の間に戻った。

「今、使いを頼みましたんで、間もなく町役が参ります。もうしばらくお待ちくださいまし」

間もなく、切通町の町役が顔を見せた。

「みなさま、ご苦労様でございます。わたくし、町役の松乃屋利兵衛《まつのやりへえ》と申します。切通町で傘屋《かさや》を営んでおります。どうぞお見知りおきください。おやっ」

松乃屋利兵衛は左内を見て首を傾げる。

「天神様での騒ぎ、お見受けしたところ、仇討《あだう》ちでございますか」

「いや、仇討ちではござらぬ」

「ほう、ですが、その出で立ちは」

横から若い衆が口を挟む。

「町役さん、実は、この橘先生が、天神様で刃物を振り回すあの男を素手で取り押さえなさったんですよ」

利兵衛は奥の板の間で縛られている男をちらっと見る。

「あの男を素手で。襷に鉢巻は男を捕縛するために」

「拙者、浪人ゆえ、祭礼でガマの油を商うのが生業、この出で立ちはその衣装でござる」

「ははあ、なるほど、合点いたしました。で、あの男は何者ですかな」

若い衆が言う。

「さっぱりわからねえんで。先生が当て身を食らわせたら、気絶しまして、それからずっとあの調子、ぼおっとなっております」

「刃物を振り回したというと、傷ついた人はどのぐらい」

「それがね。逃げる途中で杖に足を絡ませ転んだ爺さんがいたらしくて、そこへ何人か重なって倒れましたが、さいわい、怪我人はおりません。斬られたり刺されたりした人もなかったようです」

「それは不幸中の幸いでしたな」

「へへ、橘先生のおかげですよ」

利兵衛は感心する。

「いやあ、橘さんとおっしゃいますか。ほんとうにいいことをなさいましたね」

左内はそう言われても、うれしくもない。できれば、早くこの場を立ち去りたい。

「鶴吉《つるきち》さん」

「へい」

利兵衛に呼ばれて定番《じょうばん》が返事する。

「縛ったままであれだが、気付の水でも飲ませてやりなさい」

「承知いたしました」

定番の鶴吉が水瓶から湯呑に汲んだ水を縛られた男に飲まそうとするが、男は首を振り、うつろな目であたりを見回すばかり。

「気がついている様子だが、名前も住まいも言わないんですね」

若い衆が顔をしかめる。

「そうなんですよ。町役さん、どうしましょう」

「ここに一晩留め置いて、明日になったら町方の旦那のお見廻りがありますから、相談いたします。死人怪我人が出ていなくても、人の大勢集まるところで刃物を振り回すなんて不届きですから」

利兵衛は板の間で縛られた男を離れた場所から覗くように見る。

「町人ですね。身なりは上等だし、奉公人には見えないな。前髪はないが、歳はまだ若そうだ。そのうち、身元もわかるでしょう」

開け放された自身番の入口で声がする。

「ごめんよっ」

「へーい」

定番の鶴吉が返事をして、出ていく。

「おお、これは親分、ご苦労様です」

「鶴さん、天神様で騒動があって、ここへ担ぎ込まれたって」

「親分、どうぞ、おあがりなすって」

入ってきたのは四十がらみ、尻端折《しりはしょ》りに黒い股引《ももひき》、帯に十手《じって》を差しているのは、見ただけで町方の手先、御用聞きだとわかる。畳の間に座っている一同にぺこりと頭を下げる。

「天神下の親分、ご苦労様です」

「こりゃあ、松乃屋の旦那、とんだことでしたねえ」

「はい、あそこに縛ってますがね。なにも言わないんで、名前も住まいもわからないんです」

「そいつは厄介だなあ。ありゃりゃりゃ」

御用聞きは左内を見て声を出す。

「そちらの旦那、仇討ちですかい」

それを聞いて、ふたりの若い衆が顔を見合わせくすっと笑う。

「親分」

利兵衛が言う。

「そうじゃありませんよ。こちらの先生が狼藉者を取り押さえてくださったんです」

「先生、ほう。なんの先生です。うーん、どっかでお会いしてますでしょうか」

若い衆が揉み手をする。

「へへ、親分さん、こちらはガマの油売りの先生です」

「なんだ、ガマの油売りですか。それでそんな出で立ちなんだね」

「親分、この先生はただのガマの油売りじゃないんですよ」

「ほう」

「剣術の名人。半紙を宙に飛ばして紙吹雪を舞わせるのがちょいとした評判でね。油は売れなくても、それだけで銭を投げる見物人がいるんです」

「紙吹雪、えっ、どこかでお会いしたかと思ったが、ひょっとして、あのときの。ほら、下谷《したや》で辻斬り騒ぎがあったとき」

御用聞きは左内の顔をじっと見る。

「人違いなら失礼でござんすが、あっしをお見忘れですかい」

左内も相手を思い出す。

「そなた、あのときの」

「へい、天神下の文七《ぶんしち》でござんす。旦那は、ええっと、お名前もうかがっておりますよ。たしか橘、うーん、右近さん」

「いや、違う」

「え、違いますか」

横から若い衆が口を出す。

「親分、惜しいねえ。この先生、橘左内さんとおっしゃいます」

「ああ、そうでした、そうでした。うっかりしちゃった。右近の橘左近の桜とごっちゃになって、失礼いたしました。橘さんまでは当たってる。驚いたね、どうも。こんなところでお会いするとは」

左内もうなずく。

「さよう。よく覚えておったな。あのとき一度会っただけだ」

「商売柄、人の顔や名前は忘れないほうで。でも、あれは夜だったからね。旦那とは一度お会いしたきりですが、決して忘れられませんや。下谷の辻斬り騒ぎで、夜中にふらふら歩いてらして、どうなさったんですと尋ねたら、辻斬りをひっ捕らえて手柄にしたいなんてね」

「そんなこともあったのう」

「旦那、そのなりは、まるで仇討ちだが、辻斬り退治じゃなくて、ガマの油ですかい」

「この出で立ちをしておると、みな仇討ちに見えるようだが、身過ぎ世過ぎのガマの油じゃ」

「なるほど、あのときあたしが仰天した紙吹雪、それで客を引き寄せるんですね」

「親分」

町役の利兵衛が言う。

「天神様で刃物を振り回しているあの男を、このお方が当て身で取り押さえられたのですよ」

「そうでしたか。旦那、凄腕だと思っておりましたが、なるほどねえ」

文七は板の間を見る。

「あの男が刃物を。ほう、若いですね。なかなか身なりはいいけど、顔は間抜け面だ。気でも触れてるのかな。危ないねえ」

左内は利兵衛を見る。

「町役殿。拙者、ガマの油の持ち場をそのままにしてまいった。そろそろ、戻ってもよろしいかな」

「お引き止めしてしまって。親分が来てくれたんで、あとはお任せください。ご浪人さん、橘左内さんとおっしゃいますね」

「さよう」

「では、こちらにお名前とお住まいをお書きください。後ほど、お呼び出しがあるかもしれません。なにしろ、騒動が大事に至らなかったのは、あなた様のおかげでございますから」

「うむ」

「あ、若い衆さん、おまえさんたちも名前と住まい、書いてってくださいよ」

若い衆は顔を見合わす。

「無筆ってわけじゃありませんけど、あんまり上手じゃないんでねえ。お恥ずかしいです」

「いいんですよ、読めれば」

文机に向かって、左内がさらさらと書く。日本橋田所町勘兵衛長屋橘左内と。横から覗いて、若い衆が感心する。

「わあ、先生、お上手ですねえ。ご浪人でも、さすがはお侍。おいら、仮名しか書けねえ。ますます恥ずかしいや」

そのとき、また入口で声がする。

「ごめんくださいまし」

「へーい。今日は忙しい日ですねえ」

鶴吉が立って出る。

入口の玉砂利に恰幅のいい五十前後の町人が立っており、風呂敷を抱えた小僧がひとり、半纏姿の鳶《とび》の者が数人後ろに物々しく控えている。さらに往来には駕籠《かご》を待たせている様子である。

「わたくし、下谷広小路《ひろこうじ》から参りました岡田屋《おかだや》の番頭、義助《ぎすけ》と申します」

「はあ」

「うちの若旦那がこちらにお世話になっているそうで。迎えに参りました」

# 四

下谷広小路の岡田屋といえば、間口の広い菓子屋であり、銘菓加羅栗《からくり》で知られた大店である。公儀御用達ではないが、大商人や大名家の奥向きに出入りし、寺院などの法要にも欠かせぬほど加羅栗は重宝されている。

「番頭さん、どうぞ、おあがりください」

中から町役の利兵衛が声をかけたので、義助と名乗る番頭は小僧を従え、畳の間にかしこまり、深々と頭を下げて挨拶する。鳶の者たちは外の玉砂利に突っ立ったままである。

「このたびは、大変なご迷惑をおかけし、お詫びのしようもございません。本来ならば主の清右衛門《せいえもん》が参るべきところ、番頭のわたくしが名代《みようだい》で、どうぞご容赦くださいませ」

「ということは」

利兵衛は板の間を見る。

「あの人は岡田屋さんの」

「はい、主清右衛門のせがれ、清太郎《せいたろう》にございます。とんでもないことをしでかしまして、まことにお恥ずかしゅうございます」

「岡田屋さんの若旦那ですか」

「まず、お尋ねせねばならぬのは、大ごとに至った方、怪我をなされた方、手厚くお見舞いいたさねばなりませんので、お教え願えますでしょうか」

「さようですなあ」

利兵衛は若い衆のほうを見て、促す。

「へい、では番頭さん、あっしから申し上げます」

「あなたは」

「境内の仕切りを任されておりますす若いもんでございます。お尋ねの件ですが、特にだれも傷ついちゃおりません。驚いて転んだ爺さんがいて、重なっていくたりか倒れましたけど、みんななにごともなく」

義助は胸を撫でおろす。

「さようでしたか。で、いま少し、仔細をうかがいたいのですが」

若い衆は左内を示す。

「番頭さん、こちらの先生が間近で立ち合われましてね。先生、ひとつ、お話しくださいな」

「うむ」

「おお、これは」

義助は驚く。

「お武家様、お見それいたしました。仇討ちでもございましたか」

「いや、そうではない。拙者の目の前で老婆が腰を抜かしてな。それを庇おうとした若い娘に、あの者が刃物で斬りかかろうといたしたので、とっさに当て身を食らわせたのじゃ」

「どうだい、番頭さん。この先生のおかげで人が助かったんだ。危ないところだったんですぜ。か弱い娘さんが包丁で刺されたりしてみなせえ。死んでたかもしれねえ。命が助かっても大怪我だよ。人殺しなら若旦那は下手人《げしゅにん》。みんな見てたんだから、下手すりゃ、小塚原《こづかっぱら》に獄門首《ごくもんくび》を晒すところだったぜ」

「ありがとうございます。お武家様、あなた様はその娘さんの恩人でもあり、うちの若旦那の恩人でもあらせられます」

番頭は左内に深々と頭を下げる。

「およしくだされ。拙者、たいした人助けはしておらぬ」

「町役さん、うかがいますが、死人怪我人が出ていなくても、なんらかの咎《とが》になりましょうか」

「そうですねえ。大勢人が集まっているところで、刃物を振り回したんですよ。下手すりゃ、死人が出ていてもおかしくありません。一晩この番屋に留め置き、明日になったらお奉行所のお見廻りの旦那が来られますので、そのときにならないとわかりませんが、大番屋に送られると、厄介ですよ」

「あの、ものは相談でございます。たしかに刃物を振り回して騒ぎを起こしましたのは重々不届きでございます。ですが、ここはひとつ穏便にお願いできませんでしょうか」

「はて、どうしたもんでしょう。どうかねえ、親分」

黙って様子を見ていた文七がうなずく。

「番頭さん、あたしは天神下の文七ってもんでございます」

「親分さんですね」

「まあ、十手は預かっておりますがね。で、若旦那、お歳はいくつで」

「十七でございます」

「そうですか。うーん、小柄だし、ちょいと幼く見えるからねえ。十七じゃしょうがねえ。十五より下なら、お上のお慈悲で罪にはならえんですが、親御さんは不行き届きでお叱りってことになりましょう」

「さようですか。前髪も剃っております。十七というのはご近所でも知られておりますので、誤魔化すわけにはまいりません。ですが、御覧の通り、正気じゃございません」

文七は大きくうなずく。

「そりゃそうでしょう。人の集まる場所で包丁を振り回すなんぞ」

「実は、気の病《やまい》で店の奥の座敷に押し込めてあったんです」

「てことは、座敷牢ですかい」

「お恥ずかしい話ですが、今、暮れの忙しい時期で、店はてんてこ舞いでございます。見張りがちょいと目を離したすきに、若旦那が抜け出しまして、台所で手に入れたか、包丁を持って、湯島の天神様で大暴れ。気の病ということで、なんとか穏便になりますまいか」

一同は顔を見合わす。板の間の若い男はたしかにまともではない。気の病といわれれば、たしかに間違いなかろう。

番頭の義助は小僧に言う。

「為吉《ためきち》、それをこちらに」

「はい」

小僧は風呂敷包みを番頭に差し出す。

「話が込み入って、出し遅れて申し訳ないのですが、このたびの不始末のお詫びと若旦那を救ってくだすったお礼に、心ばかりの品でございます」

番頭は風呂敷の中からいくつもの菓子折を取り出し、恭《うやうや》しく頭を下げてひとりずつ配る。

「岡田屋の加羅栗でございます」

「さようですか。評判のお菓子ですね」

「ええっと、町役さん」

「なんだね、鶴さん」

「あたしなんぞが、こんな上等のお菓子、いただいていいんでしょうか」

「うん、遠慮はいらない」

「じゃ、頂戴いたします」

「おやおや、こいつは変だな」

文七が菓子折を持ち上げ、揺する。

「ただの菓子じゃありませんね」

「はい、先代が京で修業して考案しました。干菓子《ひがし》と栗餡《くりあん》とをひとつに絡め、秘伝の薄皮で包みまして」

「そうじゃありません。ただの菓子じゃないってのは」

文七が菓子折の包みをはがし、蓋を取ると中に小さな菓子が十二個並んでいる。文七はさらに折の底をめくる。小判が一枚隠されていた。

「こんなもんが入ってたんじゃ、菓子を食い終わったあと、うっかり折を捨てられませんね。番頭さん」

「さすがは親分、お見通しでございますね」

驚いて、利兵衛も鶴吉もふたりの若い衆も菓子折の底をはがす。

「わっ、こっちにも入ってますぜ」

「松乃屋の旦那様、定番のあたしなんぞがこんな大金をいただいてよろしいんで」

利兵衛は考え込む。

「うーん、岡田屋の番頭さん、わたしは長年町役をしておりますが、心付けで手心を加えたりはいたしませんよ」

「いえいえ、どうぞ、みなさん。ご迷惑はおかけいたしません。あの通り正気でない若旦那を番屋に留め置くのは奉公人として心苦しゅうございますし、主の名代も務まらず。広小路の岡田屋清右衛門、せがれ清太郎、親子ともども逃げも隠れもいたしません。子供の使いではございませんので、わたくしに連れ帰らせてくださいませ。この通りでございます」

義助は畳に額をこすりつける。

利兵衛と文七は顔を見合わせる。

「どうかな、親分」

「そうですねえ。騒動の始末をどうつけるかは、町役の松乃屋さんと町方の旦那でご相談の上、決めていただきましょう。死人も怪我人もいないんじゃ、あっしの出る幕はございませんし、後々のことを考えると、暮れの慌ただしい時節、あんまり大ごとにしないほうがいいんじゃないですかね」

「うん、親分もそう思うかい。町方の旦那には明日、わたしから話しておこうよ」

「町役さん、ありがとう存じます。では、明日にでもわたくし、町方の定町廻《じょうまちまわり》のお役宅に挨拶にうかがいます。ここを廻っておられるのはどなたですか」

「今は北の片桐宇兵衛《かたぎりうへえ》さんの受け持ちですよ。わたしから伝えます。北の御番所はちょいと、ごたごたしている最中でしてね。ご存じでしょうか」

「なんでしょう」

「先月、お奉行の柳田河内守《やなぎだかわちのかみ》様が急に亡くなられて、本来なら今月は北の月番なんですが、新しいお奉行が決まったばかり。それで引き継ぎが大変ですから、師走もまた南が月番。片桐の旦那は北ですが、お奉行が新任ではいろいろと御用が忙しいんじゃないでしょうか。ほんとなら、今すぐにでもご足労願うほどの騒動ですが、ちょいと遠慮もありまして、明日ということに」

「さようでしたか。ただでさえ忙しい歳末に、新任のお奉行様ですか。そんなお取り込みの最中にお上のお手をわずらわせたくもありません。承知いたしました。町役さんに万事お任せいたしますので、よろしくお取り計らいお願い申します」

「はい、お役に立てるかどうか、話だけは通しておきます」

「あ、それから、そちらのおふたり」

若い衆が声をかけられ、大事そうに菓子折を持ったまま、義助を見る。

「なんでしょう、番頭さん」

「あんな刃物騒ぎがあったんじゃ、香具師の方々の商いはどうなりますかな」

「死人も怪我人もなかったんで、丸く収まるんじゃないですかね。ちょいとした噂ぐらいにはなりましょうが、うまい具合に評判が立って客が増えるかもしれません。寺社方でも手は出しませんから」

「では、明日にでも親方さんにご挨拶させていただきます。丸く収めていただくのがなによりです」

「合点です。明日も相変わらず縁日は続きますよ。へへ、橘先生、ほんとに今日はお手柄でしたね。先生のおかげで、万事丸く収まりました。また明日から紙吹雪、お願いします」


自身番を出て参道に戻る途中、後ろから文七に声をかけられた。

「橘の旦那、奇遇でござんしたねえ」

「おお、親分。ほんにのう」

「まったく目まぐるしいや。今日は驚きっぱなしです」

「そうか」

「天神様の境内で刃物騒ぎ、それを取り押さえたのが橘の旦那、狼藉者が大店の菓子屋岡田屋のせがれ、菓子折の底に小判が一両、そして旦那の今の商売がガマの油売り、これが驚かずにおられましょうか」

「まあ、そうだな。拙者も驚いた。まさか親分にこんなところで出会うとは」

「辻斬りを生け捕るよりは、ガマの油を売るほうが少しは銭になるでしょう」

「たいしたことはない。その後、下谷に辻斬りは出んのか」

「へい、出ませんねえ。結局正体もわからねえまんまですが、界隈は平穏無事。ひょっとして、旦那が片付けてたり」

「馬鹿を申せ」

「それより、旦那。ひとつ気になることが」

「なんだ」

「旦那の目の前で、岡田屋のせがれが人を殺そうとしたんでしょ」

「うむ。拙者、斬らずに済んでよかった。天神の境内で殺生などすれば、罰が当たるかもしれん」

「あの若いのはたしかにまともじゃありませんね。で、あの野郎に殺されそうになったのが、若い娘とか」

「うん、老婆が腰を抜かし、それに手を差し伸べた若い娘をあの男が襲ったのじゃ」

「なんか言いましたか」

「喚いておったな。そうそう、おのれ、思い知れ。そんなようなことを」

「おのれ、思い知れ。まるで忠臣蔵《ちゅうしんぐら》の判官《はんがん》ですね」

「判官とはなんじゃ」

「あ、旦那、芝居の忠臣蔵はご存じありませんか」

「知らん」

「ひとつ、腑に落ちないことがござんしてね」

「なんじゃ」

「岡田屋といえば、下谷広小路の大店です。その奥の座敷牢に野郎は気の病で閉じ込められていた。師走は菓子屋の書き入れどきで、奉公人が目を離した隙に抜け出した。そして、台所で包丁を手に入れ、湯島天神まで行き、参道の人混みで暴れて、婆さんを庇おうとした娘さんに、おのれ、思い知れと叫んで斬りかかろうとして、旦那に当て身を食らわされ、番屋に運ばれた」

「どこがおかしい」

「広小路から天神様まで、そう遠く離れてはいないけど、目と鼻の先でもありません。そもそも広小路はこの時節、買い物客でごった返しています。岡田屋を抜け出し、どこをどう歩いたか知れないが、不忍池《しのばずのいけ》の脇、池之端《いけのはた》を通ったか、町場もあれば武家屋敷もあります。それで、ようやく天神様の境内にたどりつき、人の大勢いるところで包丁を振り回す。ところが死人も怪我人もひとりもいない。気の触れた野郎なら、手当たり次第に斬りまくり、突きまくるんじゃないですか。爺さんが転んで、あとから通行人が重なって何人か倒れたそうですが、そっちには見向きもしないで、婆さんと若い娘だけを狙った、おのれ、思い知れと叫んで」

「つまり、岡田屋のせがれは、老女と娘だけを狙ったと」

「さあ、たまたまかもしれません。そのふたりはすぐに見えなくなったんでしょ」

「ふたりに限らず、みんな散り散りに逃げていったが」

「まあ、あたしは番屋を覗いただけで岡田屋の名物加羅栗と小判一両、儲けものってことですかねえ。菓子の名じゃないが、なにかからくりでもあるのかな。あ、みんなあのとき、菓子折の底を確かめたのに、旦那だけ手をつけませんでしたね。どうしてです」

「菓子折は一律、みな同じものが配られた。みなの折には一両小判。わしのだけ入ってないなどありえない。わざわざ底をめくって確かめるまでもなかろう」


翌日の夜、大家勘兵衛は亀屋の二階に店子一同を集めた。

無礼講で特に席に決まりはなく、元の身分にもこだわらず、それぞれ膳を前に座る。たいてい上座には勘兵衛が座し、今夜は隣に橘左内、向かって右手の東側窓際に小間物屋徳次郎、大工の半次、鋳掛屋二平の三人。反対側の壁際には易者の恩妙堂玄信、大男の箸職人熊吉、産婆のお梅の三人。南側下座に飴屋の弥太郎、女髪結のお京、みなの膳を運び終えた久助がお京の隣に座った。

「師走の忙しいときに集まってくれて、みんな、ご苦労さんだね」

「へへ、うれしいですねえ。年内に片付ける普請はあるけど、忙しいってほどじゃあねえんで。大家さん、さっそくお役目でしたら、喜んでやらせていただきますよ」

大工の半次がうれしそうに言う。

「半さん、次のお役目はまだだよ。先月の大仕事から、それほど日は経っちゃいないからね。ゆっくりと骨休めをしてもらいたいところだ。今日、お集まり願ったのは、左内さんからのお土産《みやげ》をみんなにお裾分けという趣向でね。先月の晦日、井筒屋さんから大樽でいただいた伏見《ふしみ》の銘酒もたっぷりあるから」

各自の膳の上には酒の徳利と肴《さかな》の小鉢、そして小皿に小さな菓子がぽつんとひとつ。

「そこにある菓子だが、なんだかわかるかな」

一同が首を傾げる中、お京がはっと思いつく。

「これが左内さんのお土産ですね」

「そうだけど、お京さん、それ、わかるのかい」

「はい、下谷広小路の岡田屋の加羅栗じゃありませんか。一度、いただいたことがありますよ。大層おいしゅうございました」

「大当たり。よくわかったね」

「仕事先でいただいたんです。評判のお菓子で、口の中でとろっととろけるよう。あんまりおいしかったんで、お店まで買いに行ったら、朝のうちに売り切れ、それも前もって注文しなくちゃ、なかなか手に入らないんですって。値段もいいのよ」

「へえ、高いの」

　徳次郎は加羅栗をつまむ。

「これ、ひとついくらぐらいかな」

「ばらでは売らないそうよ。十二個入ったのが一番小さい折で、たしか三百文だったかしら」

　勘兵衛は頭の中で算盤《そろばん》をはじく。

「十二個で三百なら、ひとつ二十五文だね」

「おおっ」

　巨漢の熊吉が驚きの声をあげる。

「なんと、この小さな菓子が二十五文ですか。流しの蕎麦《そば》が一杯十六文だから、蕎麦より高いんですね。腹一杯になりそうもないけど」

「熊さんにはちょいと物足りないかもしれないが」

飴売りの弥太郎は苦笑する。

「これが二十五文。あたしが商ってる飴はひとつ四文、仕入れ値が三文、二十五文で売る菓子、儲けはいかほどだろう」

「さあ、秘伝の材料で元値は不明だが、岡田屋の評判の菓子だ。それだけの値打ちはあるんだろう。みんなで味わっておくれ。左内さん、せっかくだから、昨日のこと、お話しくださいな」

「わかりました。拙者、この菓子を岡田屋の番頭から直《じか》に受け取りましたのじゃ。それがわけありでしてな。大家殿に申しましたら、ご一同に伝えたほうがよいとのことで、お集まりいただいたわけでござる。では、申しましょう。湯島天神の縁日がござって、拙者、参道でガマの油を売っております。昨日の昼下がりのこと」

左内は参道での騒動を話す。包丁を振り回す男を捕らえ、切通町の自身番に連れていくと、岡田屋から番頭が迎えに来て、男が岡田屋の主のせがれだとわかり、それで番頭がその場で加羅栗の折を配った顚末を。

「湯島でそんな騒動があったんですかい。ちっとも知らなかったなあ」

半次が首を傾げる。

「じゃ、左内さん、加羅栗、お初ですが、ありがたくいただきます」

お梅はうれしそうに小皿の菓子を押しいただく。

「どうぞ、遠慮なく召し上がってくだされ」

「うわあ、おいしい」

そう言いながら、お梅は首を傾げる。

「不思議な味ねえ。いろいろと甘みの元が混ざっているのかしら」

お京がぺろりと食べた。

「やっぱり口の中でとろけるわ」

半次がにやつく。

「お京さん、辛党だとばかり思ってたけど、甘いのもいける口だね」

「あたし、両刀使いなの」

「わあ、いいなあ」

なにがいいんだか、よだれが出そうな半次である。

「で、左内さん、その狼藉者が岡田屋の若旦那だったんですね」

徳次郎に問われて、左内はうなずく。

「さようでござる。座敷牢に押し込めてあったのが、歳末で店が慌ただしく、見張りが目を離した隙に抜け出して、騒動になったようじゃ」

お梅が顔を曇らせる。

「座敷牢ってことは、気の病かしらね」

「岡田屋の番頭はそう申しておりました。参道では目を血走らせ、老婆と娘に襲いかかったので、拙者、駆け寄り当て身を食らわせた。息を吹き返したのを番屋に運んだが、終始うつろな目で一言もしゃべらなかった」

「全然、なにも言いませんでしたか」

「参道で娘に斬りかからんとするときだけ、おのれ、思い知れと口走りおった」

「おのれ、思い知れですか」

半次がふんっと鼻で笑う。

「まるで忠臣蔵の判官だな」

「半次殿、それは芝居じゃな」

「おや、左内さん、忠臣蔵をご存じで」

「よくは知らんが、昨日、やはり忠臣蔵の判官のようだと、御用聞きが申しておった」

「御用聞きだろうと、それぐらい知ってますよ。芝居を見たことなくたって、忠臣蔵のことはたいていみんな。塩冶判官《えんやはんがん》が高師直《こうのもろのう》に殿中《でんちゅう》で斬りつけて、取り押さえられる話。岡田屋の若旦那が判官だとすると、斬られかけた娘さんが師直、左内さんはさしずめ加古川本蔵《かこがわほんぞう》だな」

「ふふ、半次さん」

恩妙堂玄信がにやりとする。

「芝居はそうなんだが、ほんとはちょっと違うんだよ」

「え、先生、芝居とほんとは違うんですか」

「判官も師直も足利《あしかが》時代の話だけど、ほんとは元禄《げんろく》の世にあった騒動で、判官は浅野《あさの》内匠頭《たくみのかみ》、師直は吉良上野介《きらこうずけのすけ》、大星由良之助《おおぼしゆらのすけ》ではなく大石内蔵助《おおいしくらのすけ》以下四十七人の浅野家の浪士たちが本所の吉良屋敷に討ち入りしたというのが元の話」

「いやだな。それぐらい知ってますよ」

「だけど、芝居は徳川《とくがわ》の世に起こった出来事をそのまま演じると差し障りがあるので、足利の話になっているんだ」

「ははあ、なるほどねえ。先生は物識りだなあ。さすがですね」

「あの、左内さん」

弥太郎が言う。

「御用聞きってのは、何者です」

「これが奇遇でな。いつか下谷の辻斬りの一件で、夜道で会った町方の手先だよ。天神下の文七という男だ」

「その男のことなら、前に左内さんからうかがって、ちょいと調べたことがあります」

「うん、そうだったな」

「御用聞きとか岡っ引きとかいわれる町方の手先、たいていは鼻つまみのならず者あがり、中には博徒と二足の草鞋《わらじ》もいて、嫌われておりますが、文七というのは捕物好きで、手柄も立てていて、親切で町の衆には慕われていたように覚えております」

「そうなのだ。弥太郎殿、よく覚えていたの。天神下の文七、湯島から下谷界隈に目を配っておるようだが、そんなに悪いやつではなさそうだ」

「ですが、左内さん、御用聞きは悪事や騒動の裏側をよく知っているから、うまく使えば役に立ちますが、あんまり深入りすると、あの連中、鼻が利くんで、こっちの正体まで詮索しますよ。そうなると、ちょいと厄介です」

「うん、気をつけるといたそう。拙者の名とガマの油売りの稼業を知られてしまったからな」

　お梅が心配そうに言う。

「左内さん、忠臣蔵の話で横道にそれましたが、正気でないにせよ、刃物を振り回した者が、詮議されず、迎えに来た番頭とすんなりと帰ったんですね」

「お梅殿。その場で番頭がみんなに配ったのが加羅栗の小さな菓子折で、町役、御用聞き、香具師の仕切りの若い者、番屋の番人にまで行き渡りましたが、その菓子折の底に小判が一両入っておりまして」

「ええっ、一両も」

「それ以上に事が大きくならないようにとの心付けですかな。すんなりかどうかはわからぬが、穏便に済みましょう」

　勘兵衛が一同を見回す。

「さてと。みんなどう思う。わたしはゆうべ、左内さんから話を聞いて、どうもすっきりしないんだ。それで、今日、みんなに集まってもらったんだよ。その若旦那、ほんとに気が触れてるのか、気が触れたふりをしているだけか、そうだとすると、なんのために湯島天神で刃物を振り回すような真似をしたのか。ただの気鬱《きうつ》の病人かもしれないが、大店が金の入った菓子折を配って穏便に済まそうとする。そのあたりにひょっとして世直しの種でもあれば、ほじくってみてもいいかと。どうだろうねえ。師走の忙しいときだから、なにもないほうが結構なのだが、うまくいけば、次のお役目に行きつくかもしれないじゃないか」

「じゃ、とりあえず、あたしの出番ですかね」

徳次郎が言う。

「下谷広小路の岡田屋、甘い菓子屋ならちょいと甘く責めて、女中相手に台所で小間物を広げてみましょうか」

「うん、だけど、店は忙しくて、商売がてんてこ舞いとのことだよ。番頭に追い払われるのを覚悟するんだね」

「ならば、あたしが」

弥太郎がにやりとする。

「台所がだめなら、鼠じゃないけど、座敷牢の天井裏に張りつきますよ」

「まあ、みんな、無理しないでうまくやっとくれ」

# 第二章　菓子屋の息子

## 一

江戸城本丸にある老中御用部屋で八つの太鼓が鳴っても、老中末席の松平若狭介信《のぶ》高《たか》は退席せず、御用箱の書類を眺めながらぼんやりしている。

十年前、出羽小栗藩七万石の当主であった父松平信由《のぶよし》の死によって、家督を相続し藩主となった。二十五の歳である。江戸で生まれ育った若狭介は、初めての国入りで愕然としたことを今も忘れない。

当時の奥羽《おうう》は飢饉で疲弊し、暮らしに困った農民は密かに赤子を間引いたり、娘を女衒《ぜげん》に売ってしのいでいた。父は死ぬ間際までよく言っていた。民を養うことこそ治国の基本であると。

米を作る百姓が赤子を間引いたり、娘を売ったり、飢え苦しみながら命を落としたり、そんなことは絶対にあってはならない。領民が安寧に暮らせるように努力するのが、領主の一番の役目である。でなければ国は成り立たず、田畑は荒れ野となって滅びるしかない。

若き若狭介はなんの躊躇もなく藩政の改善に乗り出した。質素倹約を自ら率先し、すべての家臣に徹底させた。あらゆる行事を簡素化し、年貢を緩和し、豪農に備蓄米を拠出させ、領民救済に力をそそいだ。

これには重臣を中心に多くの家臣が反対した。年貢の緩和など先例になく、もってのほかと阻止された。備蓄米の拠出は豪農たちの猛反撃に遭った。

若狭介は家臣たちと協議を重ね、説得に努めた。ご定法とはいえ、先例を破ることも生きる術であり、それが新たな前例となる。要は民を生かすこと。民を養うことこそ治国の基本であると。

「殿はなんとも型破りなお方じゃな」

反対していた国元の重臣たちも結局、呆れながらも若狭介の一途な熱意に折れた。

江戸家老の田島半太夫は陰になり日向《ひなた》になり、全面的に若狭介を支えた。

その甲斐あって餓死者を出さず、一揆も起こらず、三年足らずで小栗藩の財政は見事に立て直され、若き藩主は民や家臣に名君と慕われ、その評判は江戸にも他藩にも伝えられたのだ。

小栗藩を相続して九年目、昨年の秋、松平若狭介は幕府の老中に就任した。異例の人事である。小栗藩松平家は親藩《しんぱん》御家門《ごかもん》でもなければ御三家御連枝《ごさんけごれんし》でもなく、神君以前の縁戚で徳川宗家に譜代の家臣として仕えていた。若狭介は寺社奉行、京都所司《きょうとしょし》代《だい》、側用人《そばようにん》などの重職はなにひとつ経ていない。

いきなり老中の末席に加えられたのは、国元での功績が認められ、老中首座牧村能《まきむらの》登守《とのかみ》の強い推しがあったからだ。譜代で松平姓の由緒ある家柄は老中にふさわしく、飢饉で疲弊した藩の財政を三年で立て直した手腕は逼迫した幕府の財政改革に役立つであろうと。

あれからもう一年以上、老中を続けている。今年は国元へも帰らなかった。老中職は江戸定府《じょうふ》で国入りを免除される。改革が功を奏し藩は安定している。江戸での政務に尽力すべし。張り切ってはみたものの、志《こころざし》は虚しく、率直な意見はなにひとつ通らなかった。辺境の七万石では通用しても、江戸を中心とする天下で応用するのはいかがなものかと、ことごとく退けられた。

昨年の師走、将軍や大奥の贅沢を抑制するため、せめて幕閣が率先して倹約可能な事案を話し合うべきではないかと進言したら、言うは易しだが、それほどの大事はよほどの協議が必要であり、暮れの慌ただしい時期にそんなゆとりはないと一蹴された。一年を締めくくる歳末なればこその意見であったが、他の老中はだれひとり取り合わなかった。

もうすぐ江戸城の煤払《すすはら》いでござりますぞ。正月の支度があり、銘々のお屋敷でも準備にあけくれまする。若狭介殿は屋敷替えもなさらなかったので、煤払いもなさらぬのかのう。

老中を拝命した大名は、たいていは本丸か西の丸の近くに屋敷替えする習わしである。が、それには大層な費用がかかるのだ。財政改革を標榜して老中になったからには、無駄な出費を控え、質素倹約を示すよい機会と思い、あえて屋敷替えはせず小石川に留まることを願い出た。その際、牧村能登守他老中一同は若狭介を称賛したのだ。さすがに倹約でお国元を立て直したお方、思い切ったなされようじゃと。ところが年末になって屋敷を替えなかったことをあてこすられては立つ瀬がない。

さらに年が明けると不快な噂が耳に入った。昨年、老中のひとり井坂日向守《いさかひゅうがのかみ》が急な病で亡くなり、空席ができたので若狭介が選ばれた。実はその際、牧村能登守と犬猿の仲の寺社奉行が老中職を狙っていた。しかも大奥の御年寄が後ろ盾とのこと。そこで能登守が先手を打ち、藩の財政改善で評判のよかった若狭介を当て馬として抜擢したのだ。

知らぬは本人ばかり。若気の至りの若狭殿じゃなあ。下手《へた》に我《が》を通しては、能登守様に疎《うと》まれて解任となろう。

理想に燃えて老中になったのに、ただの傀儡《かいらい》であったか。なにもかもいやになり、老中なんぞ投げ出してしまえと思ったら、江戸家老の田島半太夫が意見した。せっかくの老中職、将軍を補佐し、世の中を動かせる重要な職務でございますぞ。辞職などとはもったいない。他の老中や幕閣と表向きは折り合いをつけ、世直しの手段となされませ。

どうするのじゃ。

半太夫は途方もない提案をした。家中から有能な人材を密かに集めて、隠密として働かせ、世の不正をただしてはどうか。表は涼しい顔をして幕閣と付き合い、裏で隠密による世直しを行う。

これは面白い。元々一本気で型破りな気質の若狭介は喜んでこの案を受け入れ、半太夫が忠義な家臣の中から腕の優れた者、妙技を持つ者、少々型破りではみ出す者らを選別し、白羽の矢をたてた。それから半年後、半太夫と昵懇《じっこん》の元家臣、井筒屋作左衛門の世話で、中秋八月に日本橋田所町に隠密を潜ませる長屋が完成した。そして、隠密たちは予想をはるかに上回る目覚ましい働きをしてくれている。

つい先月は津ノ国屋の一件が片付いた。悪事を暴露され捕縛された津ノ国屋吉兵衛《きちべえ》は南町奉行磯部大和守《いそべやまとのかみ》の吟味により、速やかに獄門を言い渡され、無法に集めた私財百万両が江戸城御金蔵に納められた。もちろん、表には出ないが、すべては若狭介配下の長屋の隠密たちが仕組んで津ノ国屋を追い詰めた快挙である。

津ノ国屋が捕縛されて間もなく、悪事に加担していた北町奉行柳田河内守は発覚を恐れて自刃し、柳田家は嫡子の相続を認められず断絶する。

江戸の町人の行政を司《つかさど》り、治安を守り、訴えを吟味する町奉行所の役目は多忙を極め、膨大な事案を抱えている。奉行は北と南にひとりずつ、片方が空席なら様々な支障をきたす。それゆえ、速やかに河内守の後任が決まった。有能な旗本、目付の戸《と》村善八郎《むらぜんぱちろう》が急遽抜擢され、師走早々に北町奉行に昇進し、丹後守《たんごのかみ》となった。

師走上旬の吉日、五人の老中が年末の政務について朝から話し合った。十三日の煤払いが済めば、江戸城内も各大名家も一気に正月の準備に入るので、幕閣を招集しての評定は行わず、大目付や町奉行からの年内の出願については、前例に合わせて速やかに片付けるべきである。重要な協議が必要ならば、来年に持ち越してもよい。ただし、津ノ国屋より押収した財源をどう活用するか。歳末で苦しい幕府の台所には年内に配分し、帳尻を合わせたほうがよい。

「みなみな、御多忙であろうが、金の問題は先送りよりも年内がよかろう。裁決は年明けでもよいが、おおよその配分は決めておいたほうが、あとあとすんなりとまいる。煤払いの前日にでも、勘定奉行畠山《はたけやま》安房守《あわのかみ》殿をここへ召して、協議いたそう」

「御意。例年通り、それでよろしゅうございます」

首座の牧村能登守の言葉に末席の松平若狭介も含め、みな同意した。

「おおっ、お待ちくださされませ。ご評議中でございますぞ」

そのとき、御用部屋の入口で大きな声がしたので、みな、そちらに目をやる。同朋《どうぼう》衆《しゅう》の茶坊主と奥祐筆の旗本がだれかを制しているようだ。

「みなさま方」

奥祐筆が平伏して言う。

「今、新任の北町奉行、戸村丹後守様がみなさまにご挨拶なさりたいと、こちらまでお越しになられまして、ご評議中ゆえ、お止めしておりますが、たってとの申されよう、いかがいたしましょう」

「なに」

牧村能登守が首を傾げながら、老中一同を見渡す。

「町奉行が御用部屋で挨拶とな」

「前例がござらぬ」

顔をしかめて森田《もりた》肥前守《ひぜんのかみ》が言い放つ。

「いや、ご一同、いかがでござろう」

一番年かさの宍倉《ししくら》大炊頭《おおいのかみ》が言う。

「能登守殿の推挙あっての町奉行。それがしは、ふふ、見てみとうなり申した。年内に評定は難しいゆえ、ここはひとつ、会うてもよろしいのでは」

大石美濃守《みののかみ》もうなずく。

「まあ、大炊頭殿がそうおっしゃるならば」

「若狭介殿はどう思われる」

能登守に問われて、若狭介はうなずく。

「さようでございますな。ご一同さえよろしければ、異論はございませぬ。挨拶だけならお通ししても」

「そうじゃな。前例にはないが」

能登守は奥祐筆に声をかける。

「よいぞ。お通しいたせ」

「ははあ。では、どうぞ。丹後守様」

「かたじけのうござる」

裃《かみしも》の若い旗本が入口に平伏する。

「わたくし、このたび、上様より北町奉行を仰せつかりました戸村丹後めにございます。ご老中のみなみなさまのご評議の最中にお邪魔をいたし、失礼つかまつります。本来ならば、お屋敷にうかがいまして、個別にご挨拶すべきところ、年の瀬も差し迫り、お屋敷は御用繁多でござりましょう。ご迷惑かと存じまして、本日、御用部屋にみなさまお揃いとうかがい、参上つかまつりました。重々失礼の段、どうかお許しくださりませ」

「どうぞ、お進みなされよ」

能登守にうながされ、膝行する丹後守。

「丹後守殿。一別以来じゃのう」

「これは、能登守様、その節はわたくしめをご推挙くださり、ありがとう存じまする」

　丹後守の合図で、茶坊主が小さな菓子折を老中ひとりひとりに捧げる。

「みなさま、子供だましのような品でお恥ずかしゅうございますが、ご笑納いただけましょうか」

「ほう、なんでござろう」

「ははっ、町場の下谷で売り出しております加羅栗という菓子にございます」

　能登守は満足そうにうなずく。

「お心遣い、頂戴いたす。丹後守殿、大儀じゃ。お励みなされよ」

「ははあ」

「それがし、森田肥前守でござる。よしなに」

「ははあ」

「それがし、大石美濃守と申す。これは評判の菓子じゃのう。ありがたく頂戴いたす。よろしゅうにな」

「ははあ」

「わしは宍倉大炊頭じゃ、丹後守殿はお若いのう。ふふ、近頃は歯が悪うてのう。菓子ならよいか」

「ははあ」

「それがし、松平若狭介でござる。よろしゅうお頼み申す」

「ははあ。みなさまにお目にかかりまして、この丹後、恐悦至極にござりまする」

戸村丹後守は深々と頭を下げる。

「年内はなかなかお会いできる折もございませぬので、いまひとつ、申しあげたき儀がございまして、お聞き願えますでしょうか」

老中一同、顔を見合わす。

「話とは、なんじゃな」

「わたくし、先月まで公儀目付をしておりました」

「存じておる」

能登守がうなずく。目付から町奉行への抜擢には老中首座の推挙が決め手となる。

「実はわたくし、目付当時、北町奉行柳田河内守の行状を調べておりました」

「なんと」

これには能登守も驚いたようだ。

「河内守は自刃いたしまして、柳田家は断絶となりましたが、先月獄門となった津ノ国屋とつながりがあると、わたくし確信しております」

若狭介も思わず声が出る。目付がそこまで追及しておったか。

「いかがでございましょう。津ノ国屋の私財が南町奉行所により没収となり、今、御金蔵に納められている由。諸事切迫の折ではございますが、そのうちのごく一部でよろしゅうございますので、民のためにご便宜いただけますまいか」

「民のため、そのつもりである」

能登守はうなずく。

「おお、ありがたきお言葉。実は施療院《せりょういん》小石川養生所が町奉行所の支配でございまして、亡くなった北町奉行が受け持っておった由、このたび南町奉行大和守殿より、わたくし、申しつけられました。先月に引き続き南が月番を務めるので、とりあえず北町に養生所の御用を任せると」

「それは厄介じゃな」

「いえ、願ってもないお役目。施療院は無償で貧しい病人や怪我人の治療にあたり、重病の者を引き取って診ておりますが、今、資金が乏しく、年内にも重い病人を解き放つところまで逼迫しております。津ノ国屋から押収の私財、ごく一部でも小石川養生所にお回し願えますれば、寒空に解き放たれず命の助かる病人もおり、また、薬草園の薬剤を病人に試す機会も増え、医術の躍進にも役立つと浅慮いたします。どうぞ年内に、みなさまのご慈悲をお願い申し上げまする」

「うむ、丹後守殿、それについては、いずれ沙汰いたす」

「ありがたき、幸せに存じまする」

深々と頭を下げて戸村丹後守が退席し、申し訳なさそうに奥祐筆と茶坊主が平伏して立ち去る。

「いかがいたそうかのう」

一同顔を見合わせ苦笑する。

若狭介は思い切って進言する。

「津ノ国屋の私財、百万両と聞き及びます。ごく一部、一万両とは申しません。千両でも二千両でも、施療院小石川養生所に回せば、年の瀬に幾人もの命が助かるのではございませぬか」

「おお、若狭介殿、よう申された」

能登守がうなずく。

「百万両のうち、千両、二千両で助かる命があるなら、安いものじゃ」

森田肥前守も若狭介を見てにやりとする。

「新任の北町奉行、なかなか骨があるようじゃ。一本気で型破りな御仁が幕閣にまたひとり増えましたかな」

八つの太鼓で老中たちが退席した後も、御用部屋で若狭介はひとり、御用箱の書類を調べていた。

「八つが過ぎました。お茶でございます」

茶坊主の田辺春斎《たなべしゅんさい》が恭《うやうや》しく茶を捧げる。城内のそれぞれのお役目は七つの終業が目安であるが、老中に限っては一刻早い八つとなっている。老中職は繁多ではあるが、藩邸での所用も忙しいからだ。

「おお春斎か。すまぬのう」

「若狭介様、ご精が出ますな」

「うむ。ちと、小石川の施療院と薬草園が気になってのう。病人を無償で養生させるとのことじゃが」

「はい、町医者にかかるには金がいります。金のない病人を小石川養生所で引き取って、薬草の試しに使うそうで、効き目がなければ、命を落とす。いいような、悪いような」

「そのほう、相変わらず口が悪いのう」

「はは、失礼をばいたしました。ところで、今朝はなにやらこちらで騒動めいたことがあったようで。わたくし席を外しておりましたので、気がつきませんでしたが、同朋仲間の申すには、新任の北町奉行、戸村丹後守様がいきなり乗り込んでこられたそうでございますな」

「ふふ、早耳じゃのう」

「茶坊主でございますので」

「丹後守殿は、なかなか骨のある御仁じゃな。御用部屋に挨拶に来られたのは、個別に屋敷へ参上するよりも手軽に済む。屋敷へならそれ相応の進物も入用であるし、来られたほうも、饗応なり返礼なり、心配せねばならぬ。今回は菓子折ひとつ。これなら、返礼も不要じゃ」

　春斎は内心、納得する。なるほど、倹約家の若狭介様、感心なされるわけだ。

「その菓子。おお、その包み、下谷広小路の岡田屋の加羅栗でございますな」

「存じおるか」

「はい、わたくし、甘いものはいただきませんが、それでも知っております。なんでも不思議な味わいで、大変な評判。店に行列が出来ていたようですが、今は一時期ほどには売れておらぬとの由。とかく江戸の町人と申すものは飽きやすいのでございましょう」

「なんでも知っておるな。では尋ねるが、戸村丹後守殿については、そのほう、なにか存じておるかの」

「さようでございますなあ。戸村様のお父上も丹後守様で、遠国《おんごく》奉行として京都町奉行から長崎《ながさき》奉行をなされておられました」

「ほう、お父上が」

「三年前に隠居なされ、ご嫡男善八郎様が家督相続なされて、先月まで公儀目付をお勤めで、このほど北町奉行となられ、お父上同様の丹後守を任官なされました」

「先代はまだご存命なのか」

「はい、丹後守様のお屋敷は番町《ばんちょう》でございますが、お父上は隠居の後、戸村伯碩《はくせき》と名乗られ、向島《むこうじま》に隠居所を設けられまして、これがなかなかご立派なお屋敷、長崎奉行の折には相当の余禄があったものと思われます」

「戸村伯碩とな」

「ちょっとした文人墨客といったところでしょう。五十半ばで悠々自適の楽隠居と思われます」

「今の丹後守殿はまだお若いが」

春斎は頭の中で数える。

「たしか、今年三十三におなりでしたか。家督相続なさる前は、町道場で剣術の腕を磨かれ、相当におできになるとうかがいました。おかげで睨みがきくのか、目付として、いくつか手柄を立てておられます。幕臣にとっては、少々厳しいお方。年が明ければ三十四でございましょう」

「わしとふたつ違いじゃな。目付として厳しかったと」

「わたくし、思いまするに、お上《かみ》の大切な役割、老獪な手練手管は大切でございますが、かと申して馴れ合いばかりではすっきりいたしませぬ。お若い方々にも厳しくご尽力いただきとう存じます。若狭介様のように」

「また、そのほう、歯の浮くような世辞を申す。若気の至りの若狭であるぞ」

「失礼いたしました」

扇子《せんす》でぽんと額を叩く春斎であった。

# 二

小間物屋の徳次郎は櫛《くし》や簪《かんざし》、紅《べに》や白粉《おしろい》の入った荷を担いで商家を売り歩く。隠密長屋の店子《たなこ》に選ばれたのにはわけがある。むざむざ死なせるには惜しいと、江戸家老の田島半太夫が判断したのだ。

なにしろ、姿形がよくて、ぱっと見ただけで女がうっとりする絵に描いたような男前である。身なりは派手ではなく金もかかっていないが、小ざっぱりして粋である。

声音は高くもなく低くもなく、さわやかで落ち着いており、話す話題も品がよく、女を引き付ける。

身のこなしに隙がないのは、優男《やさおとこ》ながら、剣術もできるからだ。

気性は素直で明るい。しかも二十五の若々しさ。これだけ美点が揃っていれば、いやでも女にもてる。

隠密として、どんな女にも巧みに取り入るのは、人徳であろうか。

江戸詰めの小姓見習いとして出仕したのが九年前の十六の歳。主君若狭介は二十六、小栗藩を相続してまだ間もない頃で、財政改革が進められていた。

徳次郎は幼い頃から周囲に可愛がられ、美服を好んだが、小姓の衣服も質素なものに改められて、残念に思った。が、質素であっても立ち居振る舞いが凛々しければ、見た目が美しくなると学ぶ。

主君の身の回りを世話することで品性を磨き、主君を守護するために武芸の腕を鍛えた。

小姓の役目は主君の側近くに仕えることだが、小栗藩の場合、国入りのときに随行するのは小姓頭だけで、他の小姓は国元と江戸詰めに分かれ、徳次郎は江戸に残り、小石川の藩邸内で業務に専念した。

上屋敷は表と奥が厳しく区切られており、表は男の武士の職場、奥は主君の妻子の居場所で仕えているのは奥女中であった。

若狭介は七年前に播磨《はりま》の小藩より奥方を迎えた。播磨の姫が出羽の領主に嫁ぐのは、相当な距離に思えるが、大名の姫は江戸生まれ江戸育ちであり、輿入《こしい》れの行列は赤坂《あかさか》の屋敷から小石川の屋敷まで、さほど遠くはなかった。

若狭介は清廉な気性ゆえか、側室を持たず、三年前にようやく誕生した若君が四つで屋敷の奥に奥方と暮らしている。

徳次郎は奥方が輿入れのときから、いろいろと細かい気配りをして、奥方付きの女中たちから気に入られていたが、小姓とはいえ、男の家臣が奥に行くことはない。

大名には一年置きの参勤交代がある。三年前の六月、若狭介は国元に移り、江戸に戻ったのが一昨年の八月であった。この間、徳次郎は例年通り江戸藩邸で過ごした。家臣の中でも重職や家族のある者は藩邸の外にそれぞれ屋敷を拝領している。だが、徳次郎は小姓であり、独り身でもあったので、藩邸内に居室をあてがわれていた。

一昨年、若狭介が江戸に戻る前のこと、国元の小姓頭より連絡があり、藩邸の奥にある書類を至急に送るよう指示された。奥には入らず、扉口で奥女中と言葉を交わし、必要な書類を探し出してもらった。そのとき、目と目が合った。それが運のつきである。女の名は小波《さざなみ》、歳は二十一であった。目鼻立ちの整った落ち着いた風貌で、名は小波だが体格は大柄でたくましい。

徳次郎はしょっちゅう、いろんな場所で女たちからうっとり眺められたが、色恋とはほとんど無縁で、同輩に誘われ、吉原で遊ぶこともあるにはあったが、徳次郎ばかりが花魁《おいらん》に可愛がられるので、あまり誘われなくなり、自分ひとりではとても遊里に行く気もしない。美男で品よく、さわやかで明るく、物腰も柔らかく、歳も若く、そのうえ純情で初心であったのだ。

小波がなにかと口実をもうけて、徳次郎に会いたがった。徳次郎もまんざらではなかった。女の歳は徳次郎よりふたつ下、奥方の実家に出入りする赤坂の商家の娘であるが、松平家の上屋敷に行儀見習いで入り、奥方付きとなっていた。

それとなく言葉を交わす機会が増え、そして昨年、若狭介が老中に就任する祝いが藩邸で盛大に行われ、無礼講となり、羽目を外した小波が奥をそっと抜け出して、ついに忍び逢う仲となったのだ。

小波のほうが積極的で、宿下がりに池之端の茶屋で徳次郎と密会した。そんなことが重なり、やがて今年の春に発覚する。

屋敷勤めの家臣と奥女中が逢引きすれば、内々で済まぬ場合、不義として許されない。処分は軽い場合、女はお役御免だが、男にとっては切腹という厳しい沙汰となる。

徳次郎は咎人として江戸家老田島半太夫の前に引き出された。

「切腹は免れぬぞ」

「ははっ」

頭を下げる徳次郎、死を前にした暗さは微塵もなかった。

「身から出た錆《さび》でございます。潔《いさぎよ》く腹を召しまする。して、女子《おなご》のほうはいかなるご処分になりましょうや」

「小波は親元に帰したぞ」

「どのようなお咎めで」

「商家の娘じゃ。ただのお役御免で、特に咎めたりはせぬ。悪い噂も立たねば、なかなかの器量ゆえ、いずれ親元から相応のところへ嫁に出すであろう。おぬしだけが貧乏くじを引いたのう」

徳次郎はほっとして、胸を撫でおろす。

「女が無事でよろしゅうございました」

「惚れておったか」

「さあ、どうでございましょう」

死を前にしても、悪びれず、平然としている。

「おぬし、女子が好きであろう」

「はて、困りました。嫌いとは申しませんが、好きというほどでもなく」

「なに、女が好きではないのか。もしや、衆道《しゅどう》の気でもあるか」

「いいえ、そっちのほうは、いささかもございません。が、心より女人と結ばれましたのは、後にも先にも、あの小波ひとりでございます」

「さようか」

「はい。ですが、色恋抜きならば、けっこう女子は好きでございます」

「色恋抜きとな」

「小波とはあのようなことになりましたが、そうはならずに、女子と打ち解けて語り合うのが好ましゅうございます。が、再び女子らと口を利くこともありませぬ。それだけが、ちと心残りでございます」

「面白いことを申すやつじゃ。腹を切ったあと、だれか菩提を弔う縁者はおるのか」

「いえ、父母はとうにみまかり、兄弟も親戚縁者もございませぬ。代々江戸詰めで墓は谷中にございますが、わたくしが果てますれば、無縁墓となりましょう」

「おぬしの男振り、その度胸、女を惑わせるに充分じゃのう」

「いえ、滅相もない」

「ひとつ、その命を内密に役立ててみる気はないか」

「わたくしの命がなにかのお役に立ちますのなら、喜んで腹を切りまする」

「では、すぐに死んでくれ」

「承知つかまつりました」

「そして、すぐに生き返って、町人になってくれ」

徳次郎は首を傾げる。

「これは異なことを申されます。死んで生き返って町人になる。そのような器用な真似、わたくし、できませぬ」

「うむ。まことの死ではない。死んだことにして、この屋敷から姿を消すのじゃ。今、家中から密かに人を選んでおる」

「それはいったい」

「承知か。承知ならば、そのほうを生かして役立てる。不承知ならば、今すぐ腹を切って無縁墓じゃ」


徳次郎は承知し、主君若狭介に拝謁し、隠密となるよう命じられた。藩邸を去り、井筒屋作左衛門を訪ねて、小間物屋が向いていると言われて町人となり、小商人の商売を覚え、やがて秋に田所町の長屋に移った。

店子たちは元は小栗藩松平家の家中だが、浪人の橘左内の他はみな、どこから見ても市井《しせい》の町人であり、さすがは隠密と感心する。中でも大工の半次は完璧な職人言葉をしゃべり、すぐに打ち解け、いっしょに酒を飲んだり、軽口を叩き合ったりする。お互い、生まれついての町人そのものの気安さだ。もちろん、元の本名は名乗らず、小波との詳しいいきさつも語ってはいない。屋敷でのことはすべて遠い昔の霧の中のように思う。長屋住まいの町の暮らしはなんて気楽なのだろう。

徳次郎の役目は女たちに取り入って、秘密を探り出すこと。これが思いのほか楽しいのだ。担ぎの小間物屋でございい。ねえさん、ちょいと助けてくれないかい、などと言いながら町を歩くのは、お屋敷勤めの小姓よりもよほど性に合っている。これこそ生来の天分である。

師走の下谷広小路はけっこう人が多い。岡田屋は通りに面した大店《おおだな》で、評判の菓子加羅栗は朝のうちに飛ぶように売れ、しかも前もって注文しておかないと、易々とは手に入らないとのこと。午後の客は仕方なく、せっかく来たのだからと、加羅栗以外の品、羊羹《ようかん》や最中《もなか》や粟餅《あわもち》などを買っていくそうだ。けっこういい商売じゃないか。進物用に菓子を求める客が多く、店はてんてこ舞いとのこと。うまく入り込めるだろうか。

裏の勝手口のあたりでじっとしていたら、女中らしき若い女が出てきたので、出合いがしらにわざとぶつかりそうになる。

「おっと、ねえさん、ごめんなさいよ」

女は徳次郎の顔を見て、恥ずかしそうに言う。

「いいえ、こっちこそ」

「ねえさん、このうちの女中さんですかい」

女中はじっと徳次郎に見つめられて、ぞくぞくっとする。

「ええ、そうだけど」

「お宅の菓子、加羅栗が大層な評判で、売れてるんでしょう」

「はい、前は朝のうちに売り切れだったけど、今はいつでも大丈夫よ」

「え、いつでも買えるの」

「ええ、店のほうに回ってよ」

「いやいや、菓子を買いに来たんじゃないんですがね。でも、お忙しいんでしょうね、お店は。うーん」

「あの、なにか」

「実はあたし、小間物を商ってるんですが、この近所は初めてなもんで。だけど、忙しいんじゃなあ」

「そうでもないわよ。なにかしら」

「えっ、そうなんですか。師走《しわす》って、どこも忙しそうで、お得意さんでも、なかなか相手にしてもらえなくて、間《ま》が悪いし、荷は重いし」

「へえ、なにを扱ってるの」

「櫛、簪、髪油《かみあぶら》に紅や白粉。こんなもんです」

徳次郎はにっこり笑い、紅の小さな器を取り出す。

「あら、ふふふ、なんなの」

「どうぞ」

徳次郎が器を差し出すと、女中は目を丸くする。

「え、なあに」

「どうぞ、あげるよ」

器を手渡しながらそっと女中の手を握る。

「まあ、どうしましょ」

握られた手を振り払いもせず、もじもじする女中。

「もらっていいのかしら」

「いいんですよ。ねえさんは口の形がいいから、この紅が似合うよ」

「悪いわあ」

「ね、そのかわり、ちょいと助けると思って、力を貸してもらえませんかね」

「あたしでよければ、なあに」

「どうでしょう、ねえさん。お宅の加羅栗のようにはなかなか売れませんのでねえ。

櫛でも白粉でも、うんとお安くしますので、みなさんでいかがです」

普通の男だったら、こんな手が通用するわけがない。が、徳次郎には持って生まれた女に好かれる人徳があるのだろう。たいていすんなりと台所に入り込み、女中たち相手に小間物を広げてみせる。

岡田屋はたしかに表の店は忙しそうだったが、奥の台所はそうでもなく、女中たちがちらちらと徳次郎を見て、珍しそうに集まってきた。


「というわけで、徳さんがいろいろと岡田屋の若旦那、清太郎の噂を集めてきてくれた。それで、みんなの考えを聞きたいと思って、また集まってもらったわけだ。伏見の酒もまだあるから、飲みながら、話し合おうじゃないか」

今夜もまた、亀屋の二階に長屋の一同が顔を合わせた。世直しに役立つ思案につながればいいのだが。

「じゃ、徳さん、お願いするよ」

「はい、大家さん。岡田屋は師走で店が大忙し、と思ったんですが、さほどでもない。以前ほど売れなくなったんじゃないかなあ。おかげで台所は閑《ひま》そうで、まんまと入り込めました」

「よう、よう、さすがは徳さん。やるねえ、色男」

半次が冷やかす。

「うん、入り込めはしたんだが、やはり大店の奉公人が若旦那の噂なんて、軽々しくしゃべるわけないや。たいしたネタは引き出せなくてね。女中たちは口が固くて、若旦那が気鬱だとか気の病だとか、おくびにも出しません」

「なるほどなあ」

勘兵衛は感心する。

「岡田屋の女中はみな忠義者なんだねえ。商家であっても、奉公人が主家《しゅか》の内情をぺらぺらしゃべらない。たいしたもんだ」

徳次郎は顎を撫でる。

「たいしたもん、ではございますが、となると、あたしの役目が成り立ちません。ですが、あたしの感じたところでは、女中たちは悪口は言わないまでも、若旦那をあまりよく思っていないのか、そっけない様子でした。奉公人というのは、主家の内幕でなければ、平気でしゃべるんじゃないか。そう思いましてね。広小路には岡田屋の近所にも商売している家はいくらでもあります。そのあたりをちょこちょこっと回ってみました」

「偉いっ」

また半次が大きな声を出す。

「いいところに目を付けたねえ」

「ありがとう、半ちゃん。で、近所の商家に入り込みまして、いろいろ話を振って、聞き出しましたところ、みんな知ってましたよ。湯島天神の騒ぎ」

「やはりなあ」

「大店の岡田屋がいくら口封じをしたって、人の口に戸は立てられません。左内さんがこの前おっしゃってたように、清太郎の歳は十七で間違いないでしょう。近所じゃ、近頃見かけなくなったんでどうしたのかと思っていたが、やっぱり座敷牢にでも閉じ込めてたんだなあと、みんな言ってます。ふた月ほど前までは清太郎はごく普通に外を出歩いていたそうで」

「外へ顔を出さなくなったのが、ふた月ほどのことなんだね」

「はい。清太郎はおとなしい質《たち》で、あんまり仲のいい友もいなかった。出かけるときはたいていひとり、大店の若旦那なら、小僧ぐらいはお供につくはずだけど、子供の頃からずっとお供はなし。それで近所の餓鬼大将によくいじめられていたそうです」

「大店の若旦那でも、いじめられるのか」

「菓子屋のせがれだから、菓子を持ってこいなんて言われて。でも、家の商売ものを持ち出すなんてできませんから、いじめられて泣かされる。父親の清右衛門が、また厳しくて、せがれが泣いて帰ってくると、大声で怒鳴りつけて、叩き出そうとするそうで、その声が近所まで聞こえて、番頭が必死で止めていて、かわいそうなほどだったとか」

「おお」

左内が言う。

「その番頭とは、先日、番屋に清太郎を迎えにまいった義助であろうか」

「どうでしょう。名前まではちょっとわかりません。大店なので、番頭は何人かいるようです」

「湯島で包丁を振り回した清太郎は、小柄で元気がなく、なにもしゃべらず、おとなしくしておったが、顔色は悪くて、ぷっくりとふくれておった」

「そうなんですよ。左内さん。近所で聞き込んだところでは、清太郎は青瓢箪《あおびょうたん》というありがたくないあだ名をつけられて、それでよけいにいじめられていたそうですよ」

「まあ、ひどいわねえ。青瓢箪だなんて」

　お梅が顔を曇らせる。

「外でいじめられて、家では父親に厳しく叱られる。おっかさんはどうしてるのかしら」

「そのことですが。近所の話では、母親は早くに亡くなっているそうです。清太郎がまだ五つぐらいのときでしたか、清右衛門は後添《のちぞ》いをもらい、この継母《ままはは》が大層甘やかしたそうです。菓子屋なだけに」

「菓子屋だけに甘やかす。あ、洒落《しゃれ》になってんだな」

　半次がにやける。

「菓子ばっかり食べてたんじゃ、体によくないわよ。特に甘いものばかりじゃ。ほんとに青瓢箪みたいになりますよ」

　お梅が顔をしかめる。

「この後添いが三年ほど前に亡くなりまして、それからは清右衛門はひとりを通しております。清太郎は今十七、年頃ですので、実は今年の秋頃から浮いた噂があったそうで」

「青瓢箪でも大店の若旦那だからなあ。金はあるだろうし、十七なら、少しぐらいもてもいいんじゃねえのかい。うらやましいぜ」

「だけど半ちゃん、そううまくはいかないんだ。秋になって若い町娘と不忍池の畔《ほとり》をふたりで歩いていたそうだよ。それで、近所の口の悪いのが青瓢箪が色気付きやがったなんてからかったそうで」

「いるんだよなあ、口の悪いやつが」

半次もけっこう口が悪い。

「それからは町娘と歩くことも減って、そのうち、ひとりで酔っ払ったようにふらふらと夜遅くさまよっていたり」

「あ、女に振られてのやけ酒かい。十七で奥手の若旦那、哀れだねえ」

「厳しい父親に閉め出されたんじゃないかなどと、近所で噂が流れて、秋も終わる頃にはおとなしい清太郎が父親に大声で喚《わめ》いて、食ってかかったそうで。それっきり外を歩いているのを見かけなくなった。あんまり暴れるので座敷牢に入れられたらしいと。それが今月になって、湯島天神の騒ぎ。近所じゃ、さほど驚かない。やはり気鬱《きうつ》なんでしょうかねえ」

「なんか、酒がまずくなってきたなあ。話が重すぎて」

半次が顔をしかめる。

「あたし、思うんですけど、その若旦那、やはり気鬱、心の病ですよ」

お梅が考え深そうに言う。

「はあ、心の病ですか。それで天神様で刃物を振り回したと」

「だれも傷つけなかったのは、左内さんがその場にいらしたからだと思います。今、徳次郎さんのお話をうかがって、思ったんですが、幼い頃に実のおっかさんをなくし、継母に甘やかされ、父親に厳しく叱られ、外ではいじめられ、継母も亡くなり、十七になっても青瓢箪と世間に馬鹿にされ、ようやくどこかの娘さんと仲良くなりかけたのに、からかわれてひとりぼっちになり、お酒も飲むようになり、大声で喚いたり、暴れたり、尋常じゃありません」

「だから座敷牢ですね」

「閉じ込めていいわけないんですが、大店のこと、気の病で座敷牢なんでしょうね。師走の忙しいときに、ちょっとした隙に抜け出して、わけもわからず刃物で暴れたんじゃないかしら。気鬱はこれといって効く薬もありませんし、周りが温かく見守るしかないんです。気の毒だけど、簡単に治るような病じゃありません。岡田屋さんにとっては、疫病神《やくびょうがみ》に取り憑《つ》かれたようなものです」

医術に通じたお梅の言葉に、みな納得する。

「疫病神相手じゃ、世直しにはならないね。では、悪事の種はないということで。み

「はい、あたしが天井裏に忍び込むまでもなかったですね」

弥太郎が軽く溜息をつく。

「弥太さんには、また、お願いすることもあるだろう」

「どうやら、あたしにも出る幕がありませんね」

大男の熊吉が申し訳なさそうにうつむく。

「あたしも、同様だよ、熊さん」

鋳掛屋の二平は仕方なく盃を口に運ぶ。

「へっへ、大家さん、では、せっかくの伏見の酒、飲み直しといきましょう」

「なんだい、半さん、まずくなってきたんじゃないのかい」

「いいんですよう。たまには酔ってみたいから」

「半ちゃん、いつも酔ってるじゃない」

「ありゃあ、お京さんに言われちゃった。では、おひとつどうぞ」

半次はお京に徳利を差し出す。

「お断り。手酌でやるわ」

「うへえ」

「あの、ついでながら、ひとつよろしいでしょうかな」

今まで黙って事の成り行きを見ていた玄信が言う。

「なんです、先生」

「いや、たいしたことではないが、若旦那のことではなく、岡田屋の加羅栗のことを、ちょいと調べましてね」

「ほう、先生、それはぜひ、お話しください」

「先日、左内さんから頂戴して一口食べましたが、そのとき、お梅さんが不思議な味とおっしゃいましたな」

「ああ、そういえば、そんなことを言いましたかしら」

「ええ、あんな味わいはわたしも初めてでした。そこで、調べましたところ、岡田屋の先代が京で修業して考案し、干菓子と栗餡とをひとつに絡め、秘伝の薄皮で包んだ上菓子《じょう》とのこと。先代は亡くなっており、今の主人が秘伝を受け継いで、作り続けておりますが、実は、最初はさほど売れておらず、評判にもなっておりませんでした」

「そういえば、人気が出たのは、ここ何年かかしら」

お京がうなずく。

「三年前だそうです。そのとき、不思議な味が評判になって、初めて人気が出て、行列が出来、今では下谷広小路の岡田屋といえば加羅栗。店もそれで大きくなったと思われます」

「ほう、三年前に味が変わったということでしょうか」

「それ以前の加羅栗を食べておりませんので、なんとも言えませんが、なにか、秘伝に一味、付け加わったのか。これが売れたので、他の大きな菓子屋でも加羅栗を真似て伽羅芋《からいも》とか、唐手本《からてほん》とか、似た名前をつけて、見た目も似せてはいたんですが、味がさっぱり追いつけず、値を下げても、全然売れなかったようです」

「まがいものじゃ、駄目でしょうな」

「はい、ですが、近頃では加羅栗の人気も落ちたようでして」

「そうなんですか」

「変わった味なだけに、たまにならいいんですが、食べ過ぎると飽きてしまう。江戸っ子は新しもの好きだが、飽きっぽいところもありますから」

「たしかにそうだなあ、あっしも江戸っ子だから、よくわかりますよ」

「はい、みなさん、若旦那の気鬱とはなんの係わり合いもない話でお耳汚し、失礼。ついでに申しますと、人々を苦しめる災いは三つの悪神になぞらえられておりますが、さきほどお梅さんがおっしゃった疫病神。気の病だけでなく、様々な病を撒き散らし民を疲弊させます。そして、さらに恐ろしいのが人の命を突然奪う死神《しにがみ》。岡田屋の若旦那も死神に取り憑かれたのかもしれませんが、左内さんのおかげで、免れたようですな」

それを聞いて久助が左内を見る。青白い顔でちょっと不気味な左内を初めて見たとき、わあ、絵草子に出てくる死神みたいだな。そんなことを思ったのだ。

「あともうひとつの悪神が、貧困をもたらし民の暮らしを脅かす貧乏神《びんぼうがみ》、岡田屋は加羅栗が当たって大繁盛、今のところ、貧乏神も近寄りますまい。稼ぐに追いつく貧乏なしとやら。はは、知ったかぶりで余計なことを申してしまうのは、わたしの悪い癖でございます。失礼いたしました」

三

「旦那様、今日は朝から曇り空で、雪でも降りそうな寒さでございますね」

「うん、そうだな」

朝の長屋の見廻りの後、亀屋に戻って朝飯を食べ終え、帳場に座ってぼんやりしていると、表の掃除を済ませた久助が空を見上げている。

「長屋のみなさん、出職や物売りがお仕事ですから、雪だと商売に障りますね」

「いいんだよ。みんな、好きなときに好きなように仕事してるんだから。でも、相変わらず酒は強いねえ。あれだけ飲んだのに、朝にはしゃきっとしてるからな。わたしなんか、この歳だと、もう無理できなくなったよ」

「あたしは下戸《げこ》ですから、酒で無理なんかすることないと思います」

「たしかにその通りだ。人と飲みながら語り合うのは好きだが、わたしはひとりで飲んでも、いい心持ちにはならないんだ」

世の中には、たいして強くもないくせに、酒に溺れる輩《やから》もいる。そういえば、岡田屋の清太郎は女に振られたかなにかで、酒浸りになり、手が付けられず、持て余されて座敷牢に入れられ、十七の若さで気鬱になって、刃物を振り回す騒動などとは、救いようがない。

とはいえ、先月、お京とふたりで飲んだときは楽しかった。もちろん色気抜きだが、別嬪と飲みながらあれこれしゃべるのは浮き浮きしていいもんだと思う。いや、こちらから誘うことは金輪際《こんりんざい》ないが、また、声かけられたら付き合ってもいい。

「どうされました、旦那様」

「なんだい」

「なんか、お顔がにやけているような」

「そんなことないだろう」

勘兵衛はつるりと顔をこする。

「今、どうしてこの店では本があんまり売れないのかなあと考えていただけだ。にやけるわけないよ」

「たしかに売れませんが、全然てことはなくて、ほんの少しは売れています」

「ほんの少しじゃ、しょうがない。師走の忙しいときに戯作や絵草子を読む閑人は少ないんじゃないか」

「もうすぐ、来年の暦や七福神の摺り物も仕入れますから」

「七福神の摺り物」

「ご存じありませんか。正月、七福神の宝船の絵を頭の下に敷いて寝ると、いい初夢が見られるって」

「一富士《ふじ》二鷹《たか》三茄子《なすび》か。まだ師走の上旬だ。初夢なんて気が早い。来年のことを言うと鬼が笑うってのは知ってるけどね」

別に全然売れなくてもかまわない。この店は通旅籠町の地本問屋井筒屋の出店《でだな》の体裁だが、裏では隠密長屋の隠れ蓑なのだ。勘兵衛は屋敷勤めのときは勘定方で収支の算用に神経を使ったものだが、今は仕入れも売り上げの帳簿も番頭の久助に任せきり、目の前にある算盤《そろばん》さえ、滅多にはじくこともない。

午前中はぼんやり帳場で過ごし、昼飯が済んだら、下谷広小路のあたりでも散策しようかと思ったが、雪が降るとなると、出かけないほうがいいだろうか。

「ごめんくださいまし」

「いらっしゃいませ」

朝から客が来たようで、久助が愛想よく挨拶している。入口から四十そこその町人が顔を見せた。

「いらっしゃい」

勘兵衛は軽く頭を下げる。

「どうも、こんにちは。おじゃまします」

入ってきたのは羽織を着た商家の番頭風。ちらっと見ると、表に連れを待たせている様子である。

「ちょいとうかがいますが、こちら、田所町の亀屋さんですね。ご主人様でしょうか」

「はい、わたしが亀屋の勘兵衛でございますが、なにかお探しですかな」

どうも、本を買いに来た客には思えない。

「あなたが勘兵衛長屋の大家さんの勘兵衛さんで」

「さようですが」

「ああ、よかった。お長屋はどちらでございましょう」

なんだろう。長屋に用でもあるのか。

「そこを出て、左に木戸があります。なにかご用で」

「お長屋にご浪人の橘左内様、いらっしゃいますよね」

「はい、橘さんでしたら、うちの長屋にお住まいですが」

「ちょいとお訪ねしようと思いまして」

「あなたは、どちら様でしょうか」

「申し遅れまして、失礼さんでございます。あたしは湯島の天神下から参りました文七と申します」

天神下の文七、例の御用聞きではないか。

「ほう、湯島の文七さん。橘さんをお訪ねですか。どのようなご用件で」

「先日、お世話になりまして、お礼を申し上げようと存じまして」

「どなたか、お連れさんですか。表に」

「あ、はい。いっしょに橘さんのところへね」

「外は寒い。入ってもらいましょうか」

「いや、すぐに橘さんのところへ」

「いいから、どうぞ。久助、表の方、お入りいただきなさい」

「へーい」

　久助は表に声をかける。

「どうぞ、お入りくださいまし。外はお寒うございます」

「ありがとう存じます」

　店内に招じ入れられたのは女がふたり、ひとりは若い町娘。ひとりは老婆である。

「そちらさんも、橘さんに御用ですかな」

　老婆が応える。

「はい、さようでございます。お礼を申し上げたく、親分さんにご案内いただき、下谷から参りました」

「親分とおっしゃると」

　文七が首筋を撫でる。

「へい、ちょいとあたし、お上の御用を承《うけたまわ》っておりまして」

思った通り、例の御用聞き、天神下の文七である。尻端折りもせず、帯に十手も差しておらず、羽織を着ているところは、とても町方の手先には見えない。

ここはひとつ、どのような用件で御用聞きが女ふたりを連れて橘左内に会うのか、確かめるべきであろう。

「さようでしたか。では、わたしがご案内いたしましょう」

「いいえ、大家さんのお手をわずらわせては申し訳ないです。お教えいただければ、あたしらで参りますから」

「遠慮なさらず。どうせ店は閑ですからね。久助、ちょいと帳場を代わっとくれ」

「へーい」

勘兵衛は三人を連れて長屋の木戸を通る。寒いので、表にはだれも出ていない。

「大家さん、きれいなお長屋ですなあ。まだ新しいですか」

文七が感心したように眺め回す。

「ええ、八月に出来たばかりで」

「じゃあ、亀屋さんもその頃ですか」

「はい、長屋に合わせて開店しました」

十軒長屋の北側の三軒目が橘左内の住まいである。

「左内さん、ごめんください」

声をかけると、中で返事。

「大家殿か。閉まりはしてござらぬ。開けてそのままお入りくだされ」

勘兵衛は文七に言う。

「ご在宅ですな」

「ああ、よかった」

「こんにちは、おじゃましますよ」

戸を開ける勘兵衛。

「どうぞ、おいでなされ」

大家をしていても、店子の室内を見ることは滅多にない。書見台に向かってなにやら読書していた左内が、入口の文七とふたりの女に目をやる。

「これは珍しいのう。天神下の親分ではないか」

「橘の旦那、先日はどうも。突然におじゃましまして、失礼いたします」

「そのお女中ふたりは」

「実はね、このおふたり、天神様の参道で、例の騒動の際、男に包丁で切りつけられそうになったのを旦那がお助けなさった娘さんと乳母《うば》さんです」

「おお、あのときの」

女ふたりが頭を下げ、六十そこそこの老女が挨拶する。

「橘様とおっしゃいますか。わたくし、下谷町の八百屋《やおや》、浜野屋《はまのや》の乳母、常《つね》と申します。こちらが」

「浜野屋の娘、絹《きぬ》でございます」

娘は十六、七であろうか。小柄で愛嬌のある顔立ちである。

乳母のお常が言う。

「危ないところをお助けいただき、礼も申さずに立ち去ったご無礼、お嬢さん共々お詫び申します」

ふたり揃って頭を下げる。

「さようか。そのような土間で窮屈であろう。拙者からもうかがいたきことがあるゆえ、汚いところだが、おあがりなされよ。親分、そのほうも。あ、大家殿もどうぞ」

女ふたりと文七が顔を見合わせているので、勘兵衛はうながす。

「橘さんもおっしゃっていますし、みなさん、どうぞ、おあがりください」

汚くはなかったが、所帯道具などほとんどなく、窓際の刀掛けに大小。脇の風呂敷包みにはガマの油売りの商売道具一式が入っているのだろう。隅の衝立の裏側には夜具。畳敷きだが書見台の前には座布団もなく、武道で鍛えているのでさほど寒さを感じないのか、火鉢《ひばち》も炬燵《こたつ》もない。あっさりしたものだ。

女ふたりが左内の前に座り、その後ろに文七が控え、さらに離れて勘兵衛が見守った。

「橘様はわたくしどもの命の恩人、乳母のお常ともども、御礼を申し上げます」

お絹とお常が左内に向き合い、深々と平伏する。

「親分、そのほう、よくふたりを探し当てたのう」

「はい、蛇の道はなんとやらで、あちこちと聞き込みまして、浜野屋さんのお嬢さんと乳母さんだと見知っている人がいて、訪ねていきますと、間違いない。で、おふたりがおっしゃるには、ぜひ、命の恩人の橘様にお礼が言いたいとのことで、お連れした次第でございます」

左内はうなずく。

「そうであったか。拙者から尋ねたいのは、おふたりを参道で襲ったあの男、存じておられるかどうかじゃ」

「はい」

乳母のお常が応える。

「岡田屋さんの若旦那、清太郎さんでございますね」

「さよう。岡田屋がいくらもみ消そうとしても、世間では知れ渡っているようじゃ。拙者が知りたいのは、なにゆえ清太郎がおふたりを襲ったか。たまたま行きずりであったか、あるいは、以前から面識があったか」

お常とお絹は顔を見合わせる。

「申し上げます」

お絹がきりりと顔を上げる。

「親分さんにも申しましたが、あたしと清太郎さんは、以前、同じ手習い所に通っており、幼馴染でございます」

左内に見られて、文七は軽くうなずく。

「おお、そうであったか。いまひとつ、知りたい。清太郎がそのほうらを傷つけようとしたのは、たまたまあの日、行き会ったからか。それとも、清太郎がなんらかの遺恨があり、つけ狙ったものか」

「それも親分さんに申しました。あたし、清太郎さんに命を狙われたんだと思います」

「なんと」

　ははあ、そうだったのか。勘兵衛は徳次郎の話を思い返す。清太郎は秋頃から町娘と仲良く歩いていたが、だんだん相手にされなくなり、酒に溺れ、父親に歯向かい、とうとう座敷牢に入れられた。その町娘がお絹であろう。座敷牢を抜け出した清太郎は湯島天神に参詣のお絹をつけ狙い、左内に止められ、自身番に連れていかれた。

「恨まれるような間柄であったと申すか」

「手習い所でいっしょだったのは十二のときまで、その後は会ったことも口を利いたこともありませんでした。今年の七夕《たなばた》までは」

　お絹の話はこうだった。

　池之端の踊りの師匠のところに通って、稽古している。弟子はほとんど同年代の商家の娘たち。岡田屋の菓子、加羅栗が娘らの間で話題となる。あんなおいしいお菓子は今まで食べたことがないという踊り仲間の話から、お絹はどうしても、欲しくなった。

　家を抜け出したのは七夕の日。ひとりでそっと岡田屋まで加羅栗を買いに行ったが、売り切れ。店先でぼんやりしていたら、声をかけられた。

手習いでいっしょだった清太郎で、そういえば、岡田屋の息子だったのだ。お絹が加羅栗を買えなかったと知り、清太郎は店に入り、しばらくして、紙に包んだのを三つ、持ってきてくれた。七夕だから銭などいらないと言う。

家に帰って、ひとりではもったいないので、母親と乳母のお常にひとつずつ、いっしょに食べた。生まれてこのかた、こんなおいしい菓子があるのだろうかとびっくりするほどの味だった。

加羅栗の味が忘れられず、三日に一度は岡田屋を覗き、その都度、清太郎から加羅栗を貰った。いつも三つだった。貰うだけでは悪いので、いっしょに不忍池の畔を歩いて、語り合った。清太郎は小柄で、大店の息子にしては貧相だが、顔は青白いしもぶくれ、男としてはぱっとしない。話もたいして面白くもない。だが、会えば加羅栗が手に入るので、菓子ほしさに会っていた。

そのうち、母親に問い詰められた。毎回、加羅栗をどうやって買ってるんだい。実は清太郎から貰っていると言うと、母親は喜んだ。岡田屋は大層な大店で、清太郎は跡継ぎの若旦那。いい縁談になると。

それでいっぺんに清太郎がいやになった。加羅栗も世間で飽きてきたのか、以前ほど売り切れになることもなく、値は張るが買えないこともない。それでもただでくれるので三日に一度は岡田屋に行く。お義理で菓子の礼を兼ねて清太郎と不忍池を歩いていると、若い遊び人が清太郎に声をかけた。

おう、清太郎、青瓢簞が色気付きやがったな。

子供の頃、いつも清太郎をいじめていた餓鬼大将で、長屋住まいの植木屋のせがれの竹造《たけぞう》だった。

あ、おまえ、お絹ちゃんだろ。きれいになったねえ。

そう言われて、ちょっとうれしい。竹造はふたつ歳上だが、背が高く、がっちりしていて、顔は浅黒く苦味《にがみ》走ったなかなかのいい男だ。清太郎はお絹をその場に置き去りにして、いなくなった。

お絹ちゃん、あんな馬鹿、どうでもいいや。今度、仲間と月見をやるんだ。みんな大店の若旦那だよ。夜だけど、おまえもいっしょにどうだい。男ばっかりじゃつまらないからさ。

清太郎とはそれっきり、加羅栗にも飽きてきたところだ。竹造から月見に誘われ、池之端の茶屋まで行ったら、待っていたのは竹造ひとり。みんなあとで来るよ。そう言われて、酒を飲む。抱きつこうとするので、拒む。

竹造は納得して、煙草《たばこ》入れを出した。煙草は吸ったことあるかい。首を振ると、実は珍しい南蛮《なんばん》の煙草が手に入ったんだ。やってみるかい。

煙草は初めてだが、南蛮の煙草、好奇心が湧き上がり、勧められるまま吸ってみると、たちまち、桃源郷《とうげんきょう》の心地がして、あまりの気持ちのよさに、気を失う。

気がつくと、竹造に抱かれていた。そこが出合い茶屋で、最初から仲間なんて来なかったのだ。

一度結ばれてしまうと、今度は竹造に夢中になった。そして南蛮の煙草にも。

「お側にお仕えしながら、乳母のあたくしがまったく気付かず、おかみさんに叱られました」

お常がうなだれる。

「おっかさんに叱られて、あたしも目が覚めました。清さんと付き合っていたのは菓子ほしさ、竹さんと付き合っていたのは南蛮の煙草、でも、どちらももういりません」

「ほう。驚きましたなあ」

勘兵衛は溜息を洩らす。

「お絹さん、つまり、おまえさんが湯島で命を狙われたのは、岡田屋の若旦那がおまえさんに袖にされて、心を病んで座敷牢に入れられて、恨みを募らせ、抜け出してのことだと」

「大家さん」

乳母のお常が言う。

「今、お嬢さんの申し上げたこと、間違いありません。お嬢さんは、縁談が決まりまして、年明けにさる大店に嫁ぐことになりました。これ以上、噂が大きくなりますと、厄介なのです。親分さんにもお願いしましたが、橘様も大家さんも、どうかご内聞にお願いいしとうございます」

女ふたりと文七が出ていったあと、勘兵衛は残って、左内と顔を見合わせる。

「女は魔物とはよく言ったもんですねえ。湯島天神の刃物騒動の筋書きがなんとなく読めました。まるで下手な絵草子の人情本そのものです」

「貧乏くじは岡田屋の若旦那だな。疫病神に取り憑かれ、心の病で死ぬまで座敷牢かもしれぬ」

「あの御用聞きは、いかがなもんでしょうね。下手にこの長屋を嗅ぎ回られても困るしなあ」

「湯島の番屋で名前と住まいを書かされたから、それで長屋の場所を文七に知られてしまった。悪い男ではなさそうだが、こちらの正体がばれるようなら、拙者がばっさりと」

「いやだなあ、左内さん。いくらなんでもそれはないや」

「ふふ、戯言《ざれごと》でござる」

「左内さんから軽口が出るとは思いもしなかった」

　左内は笑う。

「大家殿、岡田屋のせがれの一件、世直しの悪人成敗にはなりませぬな」

「徳さんの聞き込みと八百屋の娘の話から、あらかたはわかりました。振られ男の乱心といったところで、だれも死んでおらず、悪事の種もなさそうです。長屋のみんなに集まってもらうほどのこともない。明日の朝にでも、挨拶のときに伝えることにします」

「まあ、そんなところであろう。では、そのときにでも、弥太郎殿に一声かけてもらえませんかな」

「なんでしょう」

「文七のことでござる。以前、拙者が文七とかかわったとき、御用聞きは信用できないといって、いろいろ探ってくれたのをふと思い出しましてな」

「そうでしたね」

「あの御用聞きは捕物の種をいろいろと探り出すのが仕事のようだが、やはり、この長屋のなにかに気がつくかもしれぬ。拙者が斬るわけにもいかぬが、動きに目を光らせてもらうのはどうかな」

「なるほど、お殿様のお指図で悪人の尻尾《しっぽ》をつかんで、追い詰めるのがわたしたちのお役目ですが、こっちの尻尾をつかまれたんじゃ、元も子もありません。用心に越したことはない。弥太さんなら、うまく働いてくれるでしょう。それも伝えますよ」

「それはそうと、あの乳母、命の礼とばかり、けっこうな金子を置いていきましたぞ。五両、包んであった。先日の菓子折の一両と合わせて六両。いい人助けをした」

「左内さん、年内のガマの油は」

「湯島の祭礼も終わったので、ちと休息。年の市は香具師の書き入れどき、浅草、亀戸《かめいど》、雑司ヶ谷《ぞうしがや》あたりで続くが、いかがいたそうかのう。まだ、申し込んではおりませんのじゃ。六両あれば、今年はもうなにもせずとも寝て暮らせる。ガマならぬただの油でも売りますか」

# 四

師走の上旬も終わり、いよいよ煤払いが近づき、町のあちこちで煤竹売りが歩いている。昼飯を軽くすませて、勘兵衛は人形《にんぎょうちょう》町通りの四辻にある田所町の自身番に出かけた。今日は町役の当番なのだ。

「亀屋の旦那、こんにちは、ご苦労様です」

開け放たれた入口で定番の甚助《じんすけ》が白髪頭を下げる。

「甚助さん、寒くなってきたね」

「はい、もうすぐ十三日、煤払いですから」

勘兵衛は番屋の中をぐるっと見回す。

「ここもやっぱり、やるのかい。煤払い」

「決まりですから、一年の締めくくり、ささっと形だけ払います。寝泊まりさせていただいているんで、それぐらいはいたしませんと」

「今日の当番は、わたしひとりかな」

「はい、師走はどちらさまもお忙しいようで」

「ふふ、うちは忙しくもないよ。煤払いが済むと、すぐ正月だね」

「番屋に盆も正月もありませんや」

火鉢はあるが、自身番は朝から夕暮れまでは戸が開いたままなのでけっこう冷える。冬でも開け放しは、いつでも人が駆け込めるようにとの配慮からだ。

「そうそう、甚助さん。おまえさん、以前、お菓子屋さんだったってね」

「十年ほど前までですが、菓子屋といっても、ちっちゃな駄菓子屋でした」

「じゃ、知ってるかな。下谷広小路で人気の菓子、加羅栗」

「岡田屋ですね。名は通ってますから、耳にはしておりますが、食べたことはありません。あたしがまだ店をやってた頃、十年以上前から岡田屋の加羅栗はありましたが、最初のうちは値段も高いんで、たいして売れなかった。それが、急に売れて、店が大きくなったとか。商売の秘訣は続けることだと思います」

自嘲的ににやりと笑う甚助。

「なるほどねえ。商売の秘訣は続けることとか」

「子供相手の駄菓子じゃ、少々売れても知れてますが、大人相手の上菓子なら、当たると大きいですから」

「同じ絵草子でも、子供向きの御伽草子じゃなく、大人向きの人情本がいいかねえ。

今は本が売れなくて閑でも、続けていれば、いつか売れる本が出て店が儲かるかもしれない」

「そうですとも。で、旦那は召し上がったんですか。加羅栗」

「一度だけだが、小さな菓子で、ぺろっと一口、口の中でとろけるようだった。たしかに大人向きだね」

「それはようございました。あたしは商売をやめてから、菓子はまったく口にしなくなりましたよ。あ、今、お茶でもおいれしましょう」

「すまないね」

町役の仕事はそれほど忙しくはない。町内の長屋の大家などが仰せつかり、交代で詰めることになっているが、午後にちょっと顔を出し、文机の前に座っているだけのことが多い。主な仕事は転居や死亡、婚姻や誕生など人別帳の書き込み、町奉行所からの通達の告知、他いろいろあるが、一日詰めているのは定番の甚助のみで、訴えや騒動が持ち込まれれば、町役が呼ばれて駆けつけることもある。が、今のところ、勘兵衛自身はほとんど厄介な仕事はしていない。町内は平穏なのであろう。

「ごめんよっ」

入口で声がする。だれか来たようだ。

「へーい」

　甚助が応対に出る。

「ええっと、親分さんですか」

「ちょいと、話が聞きたくてね。いいかい」

　入ってきたのは、尻端折りに黒い股引《ももひき》、帯に十手《じって》を差した御用聞き。勘兵衛を見て、

「あっ」と声を出す。

「おや、おまえさんは」

　天神下の文七ではないか。

「これは、亀屋の旦那。先日はどうも」

「先日たって、一昨日のことだよ」

「へへ、違いありません。旦那はどうして番屋に」

「町役なんだ」

「ああ、そうでしたか」

「おまえさんは、なんの用だい。この番屋に」

「実はちょいと、気になることがありましてね」

「ほう、なにか捕物に係わり合いでもあるのかい」

「そいつは勘弁しておくんなさい」

　まさか、勘兵衛長屋に疑いを持ち、嗅ぎ回っているのではなかろうな。

「まあ、いいけど。なにか探してるんだったら、町役として、わたしが力になろうかねえ」

「うーん、そうですか」

　文七は甚助をちらっと見る。

「亀屋の旦那がそうおっしゃるのなら、申し上げますが、ちょいと先日の一件につながる込み入った話になります。番人さん、悪いけど、旦那とふたりにしてもらえたら、ありがたいんだがなあ」

　甚助は合点し、うなずく。

「よろしゅうござんす。ちょいと用足しに出ますんで、町役さん、留守をよろしくお願いいたします」

「そうかい。わかったよ」

　甚助が出ていくと、文七は座り直して勘兵衛と向かい合う。

「いやあ、まさか旦那がここにおいでとは」

「わたしがいなかったら、定番の爺さんになにか尋ねるつもりだったんだろ。おまえさんの持ち場は湯島のはずだが、ここの番屋に顔を出したということは、田所町近辺になにかある。まさか、わたしの長屋に目をつけでもしたのかい」

「滅相もない。けど、旦那、おたくの長屋になにかあるんですか」

「別になにもないよ」

勘兵衛はとぼける。

「ならいいんです。いや、あの浪人の橘左内さん、あの人は凄いですね。かなりできるでしょう」

「なにが」

「剣術ですよ。以前、下谷で物騒な辻斬りが出るってんで、夜中に見廻ってたら、あの橘さんがうろうろしてらして、殺気がみなぎってました。お役目で声かけたら、なんでも辻斬りを捕まえるために夜中に歩いているなんておっしゃってね。その橘さんが今度、湯島天神で刃物を振り回す岡田屋のせがれを取り押さえられたんで、不思議な縁に驚きました」

「おまえさん、橘さんのことをなにか探っているのかい」

「違いますよ。たまたま、びっくりしただけで。ですけど、亀屋の旦那、あなた、見たところ、いい体格をなさってますね」

言われて、勘兵衛は少々構える。

「わたしのどこが」

「あたしゃ、商売柄、剣術使いと渡り合うこともありましてね。旦那、そっちのほうはいかがです」

「なんのことだか」

文七はにやりと笑みを浮かべる。

「亀屋と長屋はどちらも通旅籠町の井筒屋さんの家作でしょ」

「そこまで調べているのか」

「いえ、橘さんのお住まいを探すために、ちょいと調べただけです。不躾《ぶしつけ》ですけど、亀屋と長屋が出来たのが八月ということは、旦那、それまではなんのご商売をなさってたんです」

「人別帳を調べれば、わかることだ。わたしは出羽で商人だった。五十になったんで、せがれに店を譲って隠居したんだが、若い頃から憧れていた江戸の町、わたしの歳でなにかできないかと思ってね。井筒屋の作左衛門さんはわたしの遠縁なんだ。相談したら、長屋の大家になって、絵草子屋でもやってみたらとの話でね。それで今では江戸暮らしを楽しんでいる。そんなところだ」

「ほう、そうでしたか。出羽ではなんのご商売を」

誤魔化すしかない。

「材木屋だよ。きこりたちと山に入って大木を切り倒すのが大好きだった」

「ははあ、道理で、立派なお体なんですね」

やはり見る者が見ると、武芸で鍛えた体は隠せないのだ。

「おまえさん、うちの長屋になにか怪しいことでもあると、そう思って探っているのかい」

文七は首を横に大きく振る。

「だから、違いますって。定番の爺さんが戻ってくるまでに申します。調べたいことがありましてね。岡田屋と浜野屋に関することなんで、一昨日、橘さんのところでごいっしょした旦那だから打ち明けますが、どうかご内聞に」

「菓子屋の岡田屋と八百屋の浜野屋の一件に、なにか親分の気を引く捕物の材料でもあるのかな」

「堅気の旦那に捕物の話なんて、ご迷惑でしょうが」

「いや、今は世間の裏の噂を書いた絵草子で飯を食ってるからね。遠慮なく聞かせておくれ」

「はい、岡田屋のせがれ清太郎は湯島天神の参道で包丁を振りかざし、八百屋の娘お絹を殺そうとしました。気の病ということで、一件落着ではあります。あの騒動のあと、また座敷牢かと思ったら、どうも家では見張りもできないし、病も治らない。そこで移しましたよ」

「移したって。どこへ」

「驚きましたねえ。小石川養生所です」

「へえ。貧しい病人のための施療院へか」

「金持ちだけど、施療院へ金といっしょに送り込んだ。厄介払いってとこかなあ」

「ますます一件落着だな」

「浜野屋は清太郎を訴え出ませんね。小石川はお奉行所の支配で、小伝馬町《こでんまちょう》と似たところがありまして、気の病なら、そうたやすくは抜け出せません」

「岡田屋にしても、浜野屋にしても、事を大きくしたくない。穏便に済ませたわけだね」

「旦那もあの娘がいきさつをしゃべるのを聞いたでしょ」

「うん」

「下手に訴えたりしたら、訴えたほうもお白洲で取り調べとなりましょう。場合によっちゃ、菓子ほしさに、岡田屋の若旦那をたらし込んだとも受け取れます」

「そうだね。わたしも話を聞いてて、そう思ったよ。可愛い顔して、したたかな娘だなあと」

「だから、訴えたりはしません。相手はもう小石川だ。もうひとつ、竹造のことまで突っ込まれると、さらに厄介です。南蛮の煙草でいい心持ちになって、気がついたら手込めにされてたなんて、藪蛇《やぶへび》ですよ」

「そこまで御番所が突っ込むかねえ」

「根掘り葉掘り、少しでも疑わしいと思えば、なんでも」

「それで尻込みして、訴えずに泣き寝入りということも、世間にはあるんだろうなあ」

文七はうなずく。

「岡田屋としても、訴えられたら黙っちゃいないでしょうよ。ふた月前までまともだった清太郎が施療院に押し込められるほどの気鬱になったのは、悪い女にたらし込まれたからだと申し立てるかもしれません」

「ますます浜野屋に都合が悪くなるわけだ。表沙汰になったら、来年の縁談に差し障りがある」

「そうでしょうね」

「なら、親分、おまえさんもこれ以上、ほじくらなくてもいいんじゃないのか。浜野屋から、少しはまとまった礼金も出たんだろう」

言われて文七は溜息をつく。

「おっしゃる通りです。あたしがちょいと気になったのは、湯島の刃物騒動ではなくて、竹造がお絹を口説いたときに吸わせたという南蛮の煙草、そんなものがほんとにあればご禁制で手が後ろに回ります」

「ああ、そっちの話か。娘がいい加減なことを言ってるか、遊び人が女を騙したか、そんなところじゃないのか」

「そうとも思えるんですが、竹造についちゃ、実はちょくちょく悪い噂がありましてね。長屋住まいの植木屋のせがれで、歳は清太郎やお絹よりふたつ上、子供の頃から顔見知り、というより餓鬼大将でしょっちゅう清太郎をいじめていたようです。最初は親父同様に植木職人になろうと、親方に弟子入りしたんですが、喧嘩っ早くて、体も大きい。それで博徒の駒形《こまがた》の猪之吉《いのきち》の賭場《とば》に出入りするようになり、今じゃ下っ端の遊び人ながら、池之端あたりでちょいとした羽振りです」

「喧嘩の強い遊び人か」

「南蛮の煙草ってのは、若い連中の間でちょくちょく出回っておりまして」

「え、そんなものがほんとにあるのかい」

「もちろんお上が取り締まりますんで、大っぴらには出てきません。去年の秋頃に三《さん》五郎《ごろう》というごろつきがしょっぴかれまして、これが煙草で女をしびれさせて手込めにしたというんですが、女のほうから訴えを取り下げて、怪しい煙草の証拠もなく、三五郎は放免になりました。三五郎は骨抜きにした女を岡場所に売りとばしたなんて話もあります。博徒の汚い手口なんで、なかなか表に出ない。この野郎も駒形に出入りしておりまして、竹造とは知らない仲じゃないかもしれない」

「親分、去年の秋のこと、よく覚えているね」

「実はね、三五郎の野郎をしょっぴいたのがこのあたしだったんで、手柄になるかと思ったら、すり抜けられました。で、今回の浜野屋のお絹から竹造の話が出ましたから、内々にほじくろうかと思いまして」

「ここにはどうして」

「三五郎の野郎、近頃田所町に潜んでいると聞きましたんで、番屋で調べればなにかわかるかと思いまして、ここだけじゃなく、何軒か回っております。足で稼ぐのが御用聞きの仕事ですから」

「なるほど、ご苦労さんだねえ」

「どうせろくでもねえ野郎だ。人別帳にも載らない無宿人なら、またなにか悪事でも働けば、しょっぴいて、竹造と南蛮煙草のこともなにか知ってるようなら、吐かせてやろうと、この辺までまかりこした次第。たまたま橘さんが田所町。いろいろとついでができて、よろしゅうございました」

そういうことか。勘兵衛は納得する。

「じゃあ、親分。その三五郎という遊び人、この近辺に潜んでいるようなら、ちょいとわたしも調べてみよう」

「ほんとですかい。助かりますよ。町役さんがそうおっしゃってくださるなら」

「人別帳になくても歳や背格好がわかれば、それとなく気を配ってもいいよ」

「ありがてえ。三五郎の野郎、歳はたしか二十二、背丈は並みですが、ちょいと太ってます。そうそう、顔が色黒の痘痕面《あばたづら》なんで、これが一番わかりやすいですね」

「名前が三五郎、歳が二十二、背丈は並みで太り気味、顔が色黒の痘痕面。なにかわかれば、天神下まで知らせる」

「旦那、よろしくお頼み申します」

# 第三章　煤払い

## 一

師走の十三日は煤払い、江戸城本丸の表から大奥、各大名屋敷、旗本屋敷、御家人屋敷、陪臣の拝領屋敷、武家屋敷だけでなく、神社や寺でも氏子《うじこ》や檀家《だんか》が神官や僧侶を手伝って行い、町では大店から裏長屋まで、江戸中が一斉に一年の締めくくりの大掃除をすることになっている。

「旦那様、今日は煤払いの日ですが、どういたしましょう」

久助に言われて、ぐるっと見回す。

「毎日、おまえが丁寧に掃除してくれているので、きれいなもんだ。今日もいつも通りでいいよ。煤払いだろうと、特に奮闘しなくていい」

「そうですか。では、そのようにいたします」

ふと一年前の煤払いを思い出す。

小石川の藩邸で、勘定方の持ち場を組頭の采配により総出で片付け、隅から隅まできれいにした。煤払いが終わると、一同に労いの酒が振る舞われた。

家では妻が生前、女中や老爺《ろうや》を指図して家の中の煤払いをやってくれていたが、亡くなってからは女中に暇を出し、養子の新三郎を迎えた後、老爺と三人の男所帯だったので、煤払いといっても形だけ。今年はどうしているだろうか。新三郎が嫁でも貰えば、また変わるかもしれない。権田の家では自分は旅先で死んだことになっているので、かかわりのない話である。

「長屋のほうはどうしましょうね。煤払いは」

「そうだな」

久助がいれてくれた朝の茶を飲みながら、思案する。

「あたしでお手伝いできることがありましたら」

「うん。おまえ、井筒屋さんの煤払い、手伝いに行かなくていいのかい」

「はい、こちらのお店と長屋の用だけをやっていればいいと、言われております」

「わかった。これから朝の見廻りに行ってくるので、様子を見てくる」

今日も一日が始まる。長屋の木戸を通ると、珍しく店子たちが井戸端に集まっている。


「みんな、おはよう」

「大家さん、おはようございます」

「どうしたんだい。みんなお揃いで」

「今日は煤払いでしょ」

半次が言う。

「そうだけど、やるのかい」

「いえいえ」

みんなは首を横に振る。

勘兵衛は毎朝、長屋の見廻りで感心している。いつもけっこうきれいなのだ。九人の店子たちは元の身分も男も女も関係なく、厠、掃き溜め、路地と溝《どぶ》、木戸まで、共有の場所は当番を決めてみんなが交代でさっと掃除している。

「わたしは煤払いはやらなくてもいいと思うよ」

「ああ、よかった」

半次が胸を撫でおろす。

「実はね、大家さん、最近、御用聞きが嗅ぎ回ってるんでしょ」

「うん、あのあとわかったが、岡田屋の若旦那、小石川養生所に閉じ込められたらしい」

「うわ、ほんとですか。それなのに御用聞きがうろついてるんですね。今、世間並みに煤払いぐらいやったほうがいいのかなあ、なんてことをちょいとみんなで話してたんです。大家さんがやらなくていいってんなら、それでいいや」

「大家さんがおっしゃったんで、煤払いはやらなくていいけど、半ちゃん、おまえんち、ちょいと汚いんじゃないかい」

徳次郎が横からからかう。

「よせやい。世間並みの独りもんの男は、たいてい汚くたってかまわねえんだよ。おまえんとこ、独りのくせにきれいすぎるんじゃねえか。この色男」

徳次郎は苦笑する。

「みんな、心配はいらない」

勘兵衛は隅々まで見渡す。

「この長屋は世間並み以上にきれいなもんだ。御用聞きの件なら、ちょいと悪事の種に行きつくかもしれない」

「そうなんですか」

「天神下の文七がここまで足を延ばしたのは、左内さんに湯島の一件の礼を言うためだが、もうひとつ、怪しい煙草《たばこ》、ほんとかどうか南蛮の煙草で女をたぶらかし、岡場所に売ってたごろつきが、放免になって、ここらへんをうろついているらしい。そいつを調べているようだ」

「女をたぶらかして、岡場所に売る。ひどいなあ。許せないや」

徳次郎が顔をしかめる。

「徳さんは女の味方だからなあ。で、どんな野郎なんです」

「文七が言うには、名は三五郎、歳は二十二、色黒の痘痕面、背は高からず低からず、少々太り気味。見つけたら知らせてほしいといった話で、わたしたちの出る幕があるかどうか、それはわからない。煤払いが終われば、目の前が正月だ。みんなで餅《もち》つきでもやろうかね。世間並みに」

「よっ、餅つき、いいですねえ。待ってました」

店はいつも通り閑《ひま》なので、勘兵衛は早めに切り上げ、湯屋に行く。わあ、今日はなんだ。早い時刻にこの混みよう。なるほど、煤払いで汚れた体をみんな流しに来るんだな。

芋《いも》の子を洗うようだとはよく言った。が、せっかく来たので、出直すわけにもいか
ず、狭くなった湯に浸かっていると、声がかかる。

「お、亀屋の勘兵衛さん、ご機嫌よろしゅう」

四角い顔は同じ町役を務める下駄屋《げたや》の杢兵衛《もくべえ》だった。

「いやあ、杢兵衛さん、しばらくですな」

「ご近所なのに、なかなかお会いできませんね」

「ほんとにねえ」

「どうです。あとで一献。今日は二階は立て込んでますから、近所の店にでも」

男湯の二階には煙草盆や茶の道具、茶菓子、碁盤や将棋盤、三味線《しゃみせん》なども置いてあり、湯上がりの憩いの場になっていたが、さすがに煤払いの日は混んでいるようだ。

外はまだ明るく、夕餉までに間があるので、勘兵衛は杢兵衛に誘われるまま、大門《おおもん》通《どお》りの小さな縄暖簾《なわのれん》に立ち寄った。店の名は藤屋《ふじや》。

「いらっしゃーい。あら、下駄屋の旦那、こんにちは」

杢兵衛に挨拶したのは愛想のよさそうな大年増である。

「こんにちは、おきんさん、煤払いは済んだのかい」

「いやな旦那。ご覧の通り、昨日のうちにやっちゃったのよ。きれいでしょ」

「なるほどね。煤払いが終わった連中がどっと繰り込むのを見越したか」

その割には店内は寂れており、座敷の隅で若い男女が盃を傾けながら小声でひそひそと話しているだけである。煤払いの場合、たいてい、きれいになったその家の座敷で労いの酒や肴《さかな》が出る。あるいは茶屋で一席設ける分限者《ぶげんしゃ》もいるかもしれない。こんな小さな居酒屋でしみったれた飲み方はしないだろう。

「おきんさん、こちらね。横町の絵草子屋、亀屋の旦那で勘兵衛さん。わたしと同じ田所町の町役だよ」

「あらあ、町役さんですか。お世話になります。どうぞ、ご贔屓《ひいき》に」

「こちらこそ、よしなに」

「下駄屋さん、なになさいます」

「いつもの酒だよ。冷やでいいから。あとはなんでも。亀屋さん、お嫌いなものとかありますか」

「いや、わたしは好き嫌いはありませんので」

「いいですねえ。男はそうでなくちゃ」

「じゃ、今、支度しますので、そちらのほうにどうぞ」

男女の客とは反対側の座敷の隅をおきんが指し示したので、杢兵衛は勘兵衛を促し、腰をおろす。すぐに酒と小鉢の載った膳がそれぞれの前に置かれる。

「汚い店だけど、早いのが取柄でね。注文すると、さっと出てくるでしょ」

「もうっ、下駄屋さんたら、聞こえてますよ。汚いだなんて、ちゃんと煤払いも済んでますから」

「はは、冗談だよ。さ、亀屋さん、ひとついきましょう」

「こりゃどうも、ありがとうございます」

盃で受ける。

「さ、わたしからもおひとつ」

「うれしいですねえ。亀屋さんと盃を交わすのは、八月に店開きされてすぐ、柳橋《やなぎばし》で名主《なぬし》さんや他の町役さんとごいっしょしたとき以来ですね。あのときは、大変にごちそうになりまして。柳橋、豪勢でしたねえ」

「いいえ、あれは井筒屋さんが全部取り仕切ってくださって。わたしもおんぶした口です」

「そうでした、そうでした。でも、亀屋さん、ずいぶんと江戸の暮らし、お慣れなさいましたよね」

「はあ」

「最初の頃は、ほら、お国訛《くになま》りが強くて、なにをおっしゃってるのか、さっぱりわからなかったなあ」

町人になったばかりの頃、武家言葉そのままで、身分が知れるとまずいというので、わざともごもごしゃべるように井筒屋から指示され、田舎訛りと思われていたのだ。

半月ほどでなんとか町人風にしゃべられるようになり、今ではすらすらと生まれつきのごとく商人の江戸言葉が出るようになった。

「亀屋さん、ここ、大門通りっていうんですが、ご存じですか」

町役をしているので、切絵図で近隣の地名だけは一応、知ってはいる。

「はい、さほど大きな通りでもないのに、大門通りなんですね。大きな門でもあるのかな」

「ふふふ」

杢兵衛が笑う。

「大門といえば、あれですよ」

「はあ」

「浅草の吉原、いらしたことあるでしょう」

「いや、まだ田舎から出てきて、江戸の町はよく知りません」

「え、ほんとですか。吉原、いらしたことないんですか」

吉原がどんなところかは、江戸で生まれ育ったからよく知ってはいるが、なにしろ堅物なので、誘われたことも行ったこともなかった。

「浅草の吉原の入口にでんと構えているのが大門です。わたしも女房の手前、そう頻繁に行くことはありませんが、まあ、話の種に何度かは行きました。実はね、今、この通りを大門通りというのは、昔ここに大門があったからで」

「ここに大門があったんですか」

「それればかりか、大門があるぐらいなので、吉原もありました」

「ええっ、吉原がここに」

「その名残で大門通り」

このあたりが昔の吉原とは知らなかった。

「そりゃもう、賑やかだったと思いますよ。着飾った花魁《おいらん》があっちこっちでうろうろしてたんでしょうね。ここだって、今はこんな居酒屋ですが、昔は大籬《おおまがき》の大見世《おおみせ》だったかもしれません」

「大籬でなくて、悪かったわね」

「いやいや、ここは大見世、おきんさんは、さしずめ高尾太夫《たかおだゆう》だ。はい、お酒、もう一本おくれ」

「はいはい、承知でありんす」

おきんも愛想よく調子を合わせる。

「ね、昔の遊廓を頭に描きながら飲む酒は格別でしょう」

「まったく、その通りですなあ」

今の吉原を知らない勘兵衛には、格別でもなんでもない。

「ときに、杢兵衛さんにつかぬことをうかがいますが」

「はい」

「いつも、杢兵衛さんとか下駄屋さんとか呼ばせていただいておりますが、失礼ですが、お宅の屋号はなんでしたかな」

下駄屋の店の前を通ることはあっても、看板に下駄履物とあるだけで、屋号が書かれておらず、自身番で何度か顔を合わせるときも、屋号を呼んだことがなかった。

「ははあ、うちの屋号ですか。稼業がそのまま屋号ですので、下駄屋杢兵衛です」

なんだ、そうだったのか。それで、みんな杢兵衛のことを下駄屋さんと呼ぶのだな。

「これは失礼しました」

「ときに、亀屋さんはどうして亀屋さんなんですか」

深く考えたこともなかった。最初から決まっていた。勘兵衛という名は主君若狭介から頂戴した。勘定方だったので勘兵衛がよかろうと。だが、亀屋は井筒屋が付けたのだ。どういうわけだろうか。

「わたしは亀屋の主人として店を預かっておりますが、ご存じのように、井筒屋さんの出店《でだな》のような、というより出店そのものです。屋号も井筒屋さんが付けたので、わたしが思うに、鶴は千年亀は万年と申しますから、末永く店が続くようにとの思いから亀屋なのでしょうね」

「なるほど、鶴は千年亀は万年で末永く繁盛するように亀屋さん。うちの下駄屋は鶴《つる》屋《や》にでもしようかな。元《もと》吉原江戸町一丁目鶴屋杢兵衛、煙管《きせる》の雨が降るようだあ。お互い、商売繁盛でいきましょう」

煙管の雨とはなんであろう。まあ、どうでもいいが。

「はい、商売繁盛いいですねえ。煤払いが終わると、もう、正月です」

「そうですとも。正月に新しい下駄を下ろすと縁起がいいそうで、売れるといいんだがなあ」

杢兵衛の四角い顔は、ほんとに下駄のようだ。顔がそのまま看板になってるんじゃないか。そんなことをふと思うが、口には出さない。

「おかみさん、こっちに一本」

隅の若い男が酒を注文する。

「はあい」

「三ちゃん、あたし、お酒もういいわ」

連れの女が甘えたような声を出す。

「いいじゃねえか、あと一本だけ」

夕暮れが近づき、店内はだんだん薄暗くなっていく。勘兵衛はちらっとそちらを見る。三ちゃんと呼ばれた男はまだ若く、浅黒い顔に痘痕があり、少々太り気味。

はっとする勘兵衛。もしや、文七が探している遊び人の三五郎ではなかろうか。女は帰りたがっている様子。男は新しく届いた酒を手酌でぐいぐい一気飲み。

「おかみさん、お勘定頼むよ」

「はあい」

男女が帰り支度をして、席を立ち、男が銭を払っている。

このまま見過ごすわけにはいかない。

「杢兵衛さん」

「はい」

「わたし、申し訳ない。番頭に伝える用を思い出しまして」

「ほう、どんなご用ですかな」

「いや、煤払いの片づけのことで、言い忘れましてな。大事な書付を間違って捨てられては困りますので」

「それはお困りですな」

「ちょいと急いで帰らねば」

「そうなんですか。もう少し、ごいっしょしたかったなあ。湯屋でばったりなんて、ご近所なのに滅多にありませんしねえ」

「いや、ほんとにすいません。せっかくお誘いいただきながら」

「わかりました。無理にお引き止めはいたしません」

「では」

財布を出そうとする勘兵衛を杢兵衛は押しとどめる。

「亀屋さん、なんですかな」

「いえ、ここの勘定を」

「なにをおっしゃいます。ここはわたしがお誘いしたんだから、ご心配なく」

「はあ、しかし」

「柳橋でごちそうになったお礼です。ここはね、見ての通りで、そんなに高い店じゃありませんから」

「さようですか」

「また、年内、お会いできれば、ゆっくりと一杯やりましょう」

「はい、では失礼いたします」

「どうぞ、どうぞ。わたしはね。まだまだ、おきんさんと差し向かいで続けます」

おきんが向こうから言う。

「なにが差し向かいよ」

「いいじゃないか。他にお客はいないんだし」

「では、ほんとにこれで、失礼いたします」

「亀屋さん。お急ぎのところ、お引き止めしちゃいまして、どうぞ、ご勘弁を」

「いえいえ、そんな。どうも、ごちそうになりまして」

外は夕暮れ、かなり薄暗くなってきた。暮れ六つまでは間がないようだ。きょろきょろと見回したが、男女のふたり連れは見当たらない。すぐに店を出ればよかったんだ。杢兵衛は男のくせにけっこうおしゃべりで、暇がかかった。あのふたり、そう遠くへは行ってないはずなんだがなあ。

「大家さん」

声をかけられて、はっとする。後ろに飴屋の弥太郎が立っていた。

「弥太さん」

「お探しのふたり、今、南に向かっていますよ。あそこです」

「おまえさんがなんでここに」

「たまたまですよ。さ、行きましょう」

勘兵衛は弥太郎に促され、大門通りを南に向かう。

「おまえさん。見えるのかい」

「目は鍛えておりますので」

「だが、よくわからない。どうして」

「七つの鐘が鳴った頃、人形町の通りを歩いていましたら、すれ違った男が歳は二十二、三で色黒の痘痕面、背は高からず低からず、少々太り気味。ひょっとして大家さんが朝おっしゃってた三五郎ってやつじゃないか。それでそっと跡をつけてみましたら、椙森稲荷《すぎのもりいなり》に入って、鳥居の前にじっと立ってる。なにする気だろうと思ってると、若い女が来て、三ちゃん、お待たせ。待ち合わせてたんですね。稲荷の鳥居で。

三ちゃんと呼ばれたからには、これはもう三五郎に違いない。で、ふたりは大門通りまで出て、居酒屋に入りました」

「それがあの藤屋って店だな」

「出てくるまで待ってみよう。それが忍びの仕事ですからね。と、今度は大家さんがその居酒屋に入っていくでしょ。これにはちょっと驚いた」

「実はわたしも驚いたんだ。湯屋で下駄屋の杢兵衛さんとばったり会って、飲みに誘われたのが、たまたまあの店だったんだよ」

「そうだったんですね。あ、今、あのふたり、金物屋の脇に入っていきましたよ」

「おまえさん、ほんとに目がいいね」

「大家さん、ちょっとここで待っててくんなさい」

弥太郎は金物屋の脇の路地へ姿を消す。

「お待たせしました。どうやら、三五郎が住んでる長屋らしいです。これからふたりでよろしくやるみたいですよ」

「さて、どうするかな。とりあえず、三五郎の居場所を湯島の文七に教えてやろう」

「どうやって」

「わたしが湯島まで行くか」

「そいつは得策じゃありません。第一、大家さん、文七の家を知らないでしょ」

「おまえさん、文七のこと、いろいろと探ってただろう。行ってくれるかい」

「あたしもよしたほうがいい」

「そうかい」

「というよりも、うちの長屋が悪事の探索に動いているなんてこと、お上の手先の御用聞きに知られるとまずいんじゃないですか」

「そりゃそうだ」

「前にも申しましたが、御用聞きは十手を振りかざす町の鼻つまみが多くて、岡っ引きと蔑まれ、嫌われております。定町廻同心が前科者やごろつきを手先に使うのは、裏の世界に通じている連中だけに役に立つからでしょう。ですが、文七はならず者あがりではなく、どちらかというと親切で人がよく、捕物好きがこうじて御用聞きになった口で、界隈の住民たちから頼りにされております」

「左内さんも、文七は悪いやつじゃないと言ってたよ」

「だから、余計に用心したほうがいいんです。文七は悪党をしょっぴいて、手柄もいくつか立ててます。捕物好きで鼻が利くってことは、下手すると、こっちの正体を見破るかもしれませんからね」

「それは厄介だ。左内さんは隠密の正体が知れたら斬り捨てるなんて、ひどい冗談を言ってたがね」

「左内さんなら、やりかねないなあ」

「じゃ、どうやって、三五郎の件、文七に伝えればいいかな」

「こうしましょう。文七に三五郎の居場所を投げ文で知らせるってのはどうです。差出人がわからなくとも、喜んで三五郎に目をつけるでしょ」

「うん、よほどの悪事でも出てこない限り、わたしらの世直し、出る幕はないね。ここはひとつ、見て見ぬふりと決め込もうか」

二

煤払いの翌日は雪であった。

柳橋の茶屋に四人の人物が顔を合わせている。座敷はさほど広くなく、上座にはお忍びの老中松平若狭介、脇に北町奉行戸村丹後守、三十過ぎの総髪の男が下座で老中の向かいに、さらに下座の末席に恰幅のいい四十半ばの町人が控えている。

三人は若狭介にひれ伏し、丹後守が頭を下げたまま挨拶する。

「ご老中若狭介様、本日は雪の中、遠方まではるばるお運びくださり、ありがたく存じまする」

「うむ。本日は忍びの宴席ゆえ、無礼講にいたす。かまわぬ。みな面《おもて》を上げよ」

「ははあ」

三人は顔を上げる。

「若狭介様、これなる二名の者、低き身分ではありまするが、わたくしの懇意の者にて、畏れ多いことながら、拝謁を願いましてございます。御目通りお許しくだされ、まことにありがたき幸せに存じまする」

「ははあ」

「丹後守殿」

「それがし、先日の老中御用部屋でのそなたの言葉、小石川養生所援助の進言、いたく感服いたした。場をわきまえぬ振る舞いと、同朋衆などいささか騒いでおったが、なあに、首座の能登守様をはじめ、同役の方々、お気に入りのご様子であられた」

「いたみいりまする」

「また、若くして町奉行になった精勤のほど、感じ入り申す。それゆえ、今日の誘い、むげに断るのも礼を失すると思い、まかりこした次第。が、この席は、それなる岡田屋が設けたとの由。それがし、日頃、政《まつりごと》は民のためにならねばならぬと偉そうに言うておるが、民のために働くことと、民の求めに応じることは相容れぬ。老中の職にあるそれがしが、富裕な商人の饗応を受けては賂《まいない》に通じる。そう思われぬかな、丹後守殿」

「まことに仰せの通りにございます。若狭介様のご高潔なるお人柄、質素倹約にてお国元を豊かになされたこと、承《うけたまわ》っておりまする。身分賤しき商人である岡田屋清右衛門が今宵、席を設けましたるは、ひとえに御礼を申し上げたき所存ゆえ。どうぞご憂慮なさいませぬように」

「さようか」

若狭介は末席の町人、岡田屋清右衛門に声をかける。

「岡田屋、そのほう、わしに礼とはなんのことじゃ。商いに便宜をはかった覚えなどないぞ」

さらに平伏する岡田屋。

「これ、岡田屋、ご老中にご返答いたせ」

丹後守に促されて岡田屋は心持ち顔を上げる。

「ははあ。下谷広小路におきまして菓子屋を営んでおります岡田屋清右衛門にございます。ご高名のご老中様に直《じか》にお目にかかり、お答えいたしますご無礼、どうぞお許しくだされませ。お礼と申しますのは、お上より小石川養生所に大枚をくだされました由。年内に多数の病者が救われ、また医術の進歩向上となりまする。ご老中様方のお慈悲、なかでも若狭介様のお口添えが公儀勘定方を動かし、その額たるや五千両とのこと。まことにありがとうございます」

「ほう、そのほう、なにゆえそこまで存じおるか。お役目での取り決め、あくまで内々のことであるぞ」

丹後守が横から言う。

「申し上げます。煤払いの後、勘定奉行安房守殿に声をかけられまして、老中ご一同より小石川への援助が年内に五千両と決まったこと、若狭介様が強くご進言くだされたこと、聞き及びました。差し出がましいとは存じましたが、さっそくに岡田屋に伝えたのはわたくしの独断でございます」

「煤払いの前日、公儀勘定方にわしが多少とも口を利いたのはたしかじゃ。年明けといわれたので、ぜひ年内にと、また金子の額も五千両となった。丹後守殿が安房守殿よりそのことを知り、岡田屋に伝えたと申されるか。それはよしとして、なにゆえ一介の商人が柳橋の茶屋に席まで設けてわしに礼を申すのじゃ」

岡田屋清右衛門が深々と頭を下げる。

「私事で畏れ多いことでございますが、わたくしの愚息が気の病となり、なかなか快癒いたしませず、このほど丹後守様のご仲介で、小石川養生所にお世話いただくことになりました。民を救う政をお心がけのご老中松平若狭介様にぜひともお会いし、御礼をお伝えしとうございました。ご老中とのつながりをもって商いに役立てる気などさらさらございませぬ」

「そうであったか」

丹後守が付け加える。

「若狭介様、わたくしと岡田屋とのつながり、ご不審はごもっともと存じます。実はかつて京都西町奉行をしておりました父が、岡田屋の先代と気心通じた仲で、先日、御用部屋で差し上げました加羅栗、あの菓子製造にも多少係わり合いがございます」

「加羅栗に丹後守殿の父上が係わり合いと。たしか、長崎奉行をなさっていたのでは」

「はい、父は長崎に五年、その前は京都に二年、遠国奉行が続きまして、わたくし、父とは若い頃、あまり会って話すことさえございませんでした」

「さようか。今は隠居なされて文人墨客の暮らしとか。それで菓子製造にかかわったと」

「はい、岡田屋の先代が没後、今の清右衛門に味付けの口添えをいたしましたのが、父でございます」

「さようであったか。ふふ、屋敷に持ち帰って、奥とせがれとで食した。美味であったぞ」

岡田屋はさらに平伏する。

「ありがとうございます」

「若狭介様、お上が小石川養生所に五千両、それなる岡田屋もせがれを預けるに際して千両箱を喜捨いたした由」

「なに、千両とな。お上が五千でそのほうが千両。どうやら加羅栗で途方もなく儲けておるようじゃな、岡田屋」

「いえいえ、愚息のためでございます。お上に張り合おうなどと、大それた気はございませぬ」

「よしわかった。岡田屋、そういうわけなら、喜んで馳走になるぞ。内々ならばよかろう」

「ありがたき幸せにございます」

岡田屋が手を打つと、女中たちが料理と酒の膳を運び入れ、静かに立ち去る。

「では、ご老中、おひとつまいりましょう」

岡田屋の酌で盃をぐいとあおる若狭介。

「柳橋の酒は格別じゃのう。質素倹約も大事じゃが、たまには饗応も悪うないわ。岡田屋、盃を受けよ」

「ははあ、頂戴いたしまする」

盃を受ける岡田屋。

「ありがとうございます」

丹後守が言う。

「若狭介様、本来ならば小石川養生所の肝煎りなどもここへ同席させるべきではございますが、それではちと大仰になりまする。内々にて、わたくしの懇意にしております医師、安井良順《やすいりょうじゅん》をお引き合わせいたします。長崎にて医術を習得し、三年前より江戸に戻り、末席ながら養生所に勤めおります。このたび、歳末のご援助、御礼申し上げたいとのことで、この場に同席させましてございます」

「さようか」

総髪の医師、安井良順が頭を下げる。

「ご老中若狭介様のご進言により歳末の苦しい時節にお上より金五千両、ご援助たまわり、どれだけ多くの命が助かりますことか。心より御礼申し上げます。小石川養生所医師、安井良順、どうぞ、お見知りおきくだされませ」

「何度も申すが、養生所への援助はお上のなされたこと。わしの功のごとく思われるのは心苦しい。陰徳こそが大事である。それはさておき、安井良順と申すか」

「ははっ」

「盃を取らす。これへ」

「ありがとうございます」

良順が膝行し、盃を受ける。

「長崎帰りとな。では、医術は蘭方《らんぽう》じゃな」

「はい、ですが、父は漢方でございましたので、蘭方、漢方、偏らず、良いとこ取りをいたしております」

「ほう、良いとこ取りとは」

「蘭方医はとかく新しい学問を尊び、漢方を古臭くて役に立たぬと蔑み学ぼうといたしませぬ。漢方のほうでは、蘭学を南蛮異人の邪法と毛嫌いいたします。ですが、蘭方には蘭方の、漢方には漢方の優れた効能もございますので、どちらの利点をも巧みに取り入れれば、医術の発達になると存じます」

「気に入ったぞ。古きも新しきも、巧みに取り込むか。政もそのように行えば、さらに多くの民が救えるかもしれぬ。そうであろう、丹後守殿」

「ははっ、仰せの通りにございます」

「師走の半ばに雪とは一興じゃ。すぐそこの大川《おおかわ》を渡れば本所。その昔、赤穂《あこう》の浪人が徒党を組んで吉良邸に討ち入ったのも、こんな夜であったかのう」

「山鹿流《やまがりゅう》の陣太鼓が聞こえてきそうな夜でございますな。芝居の忠臣蔵、討ち入りは世直しでございます」

世直しと聞いて、うなずく若狭介。

「丹後守殿、討ち入りが世直しとは面白い」

「煤払いが元禄の討ち入りの日に近うございますのも、積もった煤がこの世の悪事、それを払って取り除き、民の住みよい世を作る。討ち入りも煤払いも世直しではございませぬか」

「丹後守殿、剣術もできるそうじゃのう」

「いえ、若い頃は町道場にも通いましたが、家督を継ぎ、お役に就きましてからは、怠りまして、剣をふるうこともございません」

「剣は抜かずとも、正義は貫けよう。そなたのような正義の士が町奉行となり、江戸の町も安泰じゃ」

「真っすぐな正義だけでは、世の中丸く収まりませぬ。わたくし、先月まで公儀目付をいたしておりました。目付の役目は直参旗本御家人に目を光らせること。微禄の御家人の小悪を取り締まるよりも、役儀をかさに不正を働く旗本を追い詰めることがなにより肝心でございます」

「前《さき》の北町奉行河内守に目をつけていたとか」

「はい、遊里で派手に遊んでおりましたので、なにかあると」

「おお、これは恐ろしや。それがしも茶屋で今、富裕の商人より饗応を受けておるが」

「いえ、ご老中はお大名、目を光らせるは目付にあらず、大目付の仕事でございます」

「丹後守殿、いずれ大目付を目指されるかの」

「さあ、どうでございましょうか。江戸の町の不正を暴き、民の治安を守ることが、今は大事かと思うております」

「ますます頼もしい。では、遠慮なく饗応を受けるとしよう」

「はい、どうぞ、ごゆるりとなさいませ」

「安井良順よ」

「ははあ」

「そのほうは蘭方と漢方の長所を合わせた医術をもって、煤を払い、江戸に病を撒き散らす疫病神《やくびょうがみ》を退治いたすよう」

「わたくしにできますことなれば」

「岡田屋」

「ははあ」

「そのほうの菓子、加羅栗は大層美味じゃ。諸国津々浦々で売り出しておるのか」

「いえ、この江戸だけでございます」

「それは惜しいのう。上方《かみがた》では殿上人《てんじょうびと》に受けると思うが」

「京大坂の者は新しいものは好まず、江戸の菓子など、くだらぬ下賤な駄菓子と嘲笑いたしまする」

「さようか。加羅栗はあまりに美味すぎて、江戸でしか通用せぬのじゃな」

「うれしいお言葉、ありがとう存じます。ですが、素材が暴騰し、値上げをいたそうかとも思いますが、今、客足が以前より遠のいており、値を上げればますます売れませぬ。そこで、実はめでたき新春早々に、新しい品、新種の菓子を売り出そうと準備いたしております」

「ほう、新春に新しい菓子とな」

「江戸の民は新しもの好きでございますれば」

岡田屋が手を叩くと、女中が顔を出す。

「はい、なんでございましょう」

「例のあれを、これへ」

「かしこまりました」

女中は一旦座敷を出て、今度は三方《さんぽう》を捧げて現れる。三方の上の小皿に丸い小さな菓子が載っている。

「ご老中様、おひとつ、お召し上がりくださいませ」

「なんじゃな」

「このほど考案いたしました夕闇月《ゆうやみづき》と申します」

「夕闇月、それが菓子の名か」

「はい、夕闇の満月をかたどった菓子でございます」

「ならば、初春の十五夜に売り出すのか」

「いいえ、とても満月までは待てませぬ。正月の二日に、三日月よりも一日早い初売りでぱあっと華やかに」

「見たところ薯蕷《じょうよ》饅頭《まんじゅう》のようであるが」

「実を申しますと、中身の餡《あん》に工夫がございまして。ようやく出来上がったばかりで」

「出来上がったばかりとは」

「いくつか試作いたしましたが、これぞ、絶品。わたくし以外はまだ、店のものもだれも口にしてはおりません」

「では、わしが口開けの客というわけじゃな」

「はい、どうぞ」

若狭介は夕闇月と名付けられた丸い小型の菓子を口に入れ、噛みしめる。

「いかがでございます」

「ほう、外側はさっぱりしておるが、内側が甘いのう。先日の加羅栗とは違う味わいじゃ」

若狭介は陶然となる。

「おお、これは異な気分じゃ。さきほどからの酒に酔うたのか、菓子のせいか」

顔を見合わせる清右衛門と良順。

「飲みながら食しますると、酔いが増しまする。酒よりもさらに人を酔わせる菓子でございますれば、病みつきになりますゆえ、夕闇月と申します。加羅栗同様に秘伝の味付け、丹後守様のお父上、戸村伯碩様にお力添えをいただきました」

## 三

正月用に宝船の絵が入荷した。師走も半ばを過ぎ、いよいよ今年も終わる。

勘兵衛は昼餉のあと、今日も閑なので、二階でぼんやりしていた。弥太郎が投げ文で三五郎の居場所を知らせたので、文七が動き出したら、なにか進展するかもしれない。が、文七は動くだろうか。

ひょっとして、投げ文がこちらの仕業と知れるようなことはないか。少し心配になる。文七が田所町のあたりで三五郎を探していると知っているのは勘兵衛である。なにかわかったら知らせるとも言っておいた。そのあたり、もう少し用心したほうがよかったのではなかろうか。

それよりも、そろそろ餅つきのことでも考えよう。厠の下肥を毎月汲み取りに来る百姓家から、年末に汲み取り代金が届くとのことで、どこの長屋でもそれが大家の取り分となり、その余禄で長屋が揃って餅つきをするらしい。

年内、なにごともなければ、いよいよ正月の準備をせねば。町の正月は初めてのことなので、また、久助にいろいろと手配を頼むことになる。

「大家さん」

背後で声がして、はっとする。弥太郎が難しい顔で控えていた。

「わっ、弥太さんか。びっくりしたなあ。おまえさんといい、お京さんといい、いつも知らないうちに後ろにいるんだから」

「気配を殺すのも修行でございますから」

それどころか、足音もしない。忍びというのは、いったいどういう修行をするんだろうなあ。それはともかく。

「浮かない顔をしてるじゃないか」

「残念なお知らせです」

「なんだね」

「文七が死にました」

「えっ、御用聞きの文七がか」

「はい」

勘兵衛はがっくりと肩を落とす。文七は今回の一件での足掛かりになるかもしれなかったのだ。

「いつのことだ」

「昨夜、湯島天神の男坂《おとこざか》の下に血まみれで倒れていたのを、自身番の番人が火の用心の途中で見つけたそうです」

「殺されたのか」

「うーん。湯島天神への坂道はふたつあって、女坂《おんな》は緩やかで、男坂は急な石段です。雪ですべりやすくなっていたので、上のほうから下まで転げ落ちると、助からないでしょうね。番人が見つけたときは、もう息がなかったとか」

「天神下の文七、そう名乗っているぐらいだから、住まいは天神下だね」

「はい、お参りの行き帰りに男坂は使うでしょうが」

「おまえさんに頼んだ投げ文、三五郎の居場所を知らせたのが、三日前の煤払いの夜だったね」

「そうなんです。あたしがもうちょっと注意して見張ってりゃよかったんですが、しくじりました。今日、すぐに長谷川町《はせがわちょう》の金物屋の裏の三五郎のところへ行くと、もぬけのからで、姿が見えません。隣の婆さんに尋ねたら、しばらく帰っていないそうで、逃げたか、隠れたかしてるんでしょうか」

「文七は一度、三五郎をお縄にしてると言っていた。今度も南蛮の煙草の件で探っていた。投げ文がよかったのかどうか。ひょっとして、三五郎が湯島で文七を突き落として殺したとも考えられるな」

「もう、見て見ぬふりはできなくなりましたね」

「よし、わかった。今夜、みんな集まってもらおう。石段でただ足をすべらせただけのことかもしれないが、三五郎が絡んでくると、とてもそうは思えない。お上の手先の御用聞きが殺されたとなると、そこに必ずなんらかの悪事があり、世直しの種になるだろう」

「承知しました。じゃ、あたしから長屋のみなさんに伝えます」

「暮れ六つがいいだろう。まだ伏見の酒が残っているんで、肴はたいしたものはないが、文七親分の弔い酒といこうじゃないか」

「というわけで、みんなに集まってもらった。急ですまないね。なにもないけど、酒だけは上等の伏見酒だ。まあ、一杯やっとくれ」

「ありがとうございます」

一同、礼を言い、それぞれ飲み始める。

「まだ、いろいろはっきりしない。もやもやしているような塩梅で、どう進めていけばいいか」

「大家殿」

「はい、左内さん」

「文七が亡くなったについては、残念でなりませぬ」

いつもは感情をあまり表さない左内が暗い顔で溜息をつく。

「拙者とは少なからず縁がありました。下谷の辻斬り騒動の一件で夜道でたまたま知り合い、町方の動きを聞き出せたのが、少しは役に立ちました。鼻つまみの御用聞きが多い中、あの男は捕物が好きで、悪事が嫌い。近隣の町の者にも親切であったと聞き及びます。まさか、あっけなく命を落とすとは」

「おっしゃる通り、文七は左内さんと不思議に縁がありましたねえ」

「うむ。拙者が湯島天神で岡田屋のせがれを番屋に留め置いたときにも、持ち場であったのですぐに駆け付けてきた。その後すぐ、襲われたのが八百屋の娘お絹と突き止めたのは相当に目端が利くのでしょう。お絹をここの長屋まで連れてきたときは、ちと、用心せねばと思いましたぞ」

「そうでしたね。左内さん、隠密長屋の秘密を知られたりしたら、ばっさり斬るしかないなんておっしゃって」

苦笑する左内。

「大家殿、あれは戯言でござるよ」

「ですが、たしかに鼻の利く御用聞きでした。あの後、田所町の番屋に現れたときにはわたしも驚きました。なにか長屋のことを探っているのかと。わたしをじっと見て、武芸の心得でもおありですか、なんていきなり尋ねてくるんでね」

「田所町の番屋に現れたのは、三五郎が目当てだったんですね」

「そうだよ、弥太さん。今回、文七が死んだのは、石段で雪にすべったからだとは、わたしは思わない。あの男、動きは敏捷だし、捕物で剣術使いを相手にすることもあると言っていたからね。四十そこそこ、足腰が悪くなる歳でもないだろう」

「あたしと大家さんがたまたま煤払いの日に三五郎を見つけまして、居場所を文七に投げ文で知らせたのが、よくなかったかなあ。悪事を追っていた文七が、三五郎に近づき、湯島天神の坂で三五郎か、あるいはその仲間に突き落とされたんでしょう、きっと」

「煤払いの夜に弥太さんが投げ文をしたんだ。今日が十六夜《いざよい》、殺されたのは昨晩。二日の間に死んだことになる」

「まあ」

お京が残念そうに言う。

「ゆうべは十五夜、師走の月見にしちゃ、哀れすぎるわね」

「文七が殺された裏に、どんな悪事が潜んでいるのか。ひとつみんなで手分けして探ろうじゃないか。文七が追っていた三五郎は今、姿を消しているようだが」

「長谷川町のねぐらには帰っちゃいません」

「文七から聞いた話では、南蛮の煙草で女をたぶらかし、岡場所に売ったとか。かなりの悪党には違いない」

「ひどいなあ。女をたぶらかす悪党か。許せませんね」

徳次郎が言ったので、横から半次がにやり。

「へへ、徳さんが言うと、重みがあるね」

「うむ。三五郎がつかめないとなると、もうひとり、池之端あたりで羽振りを利かせている遊び人の竹造。こいつが八百屋の娘のお絹を南蛮の煙草を使って手込めにしたそうだ。もしもそんな危ない煙草が闇で出回っているとすれば、それこそ世の中のためにならない。井筒屋さんを通じてお殿様にお伝えし、世直しのお指図をいただこうじゃないか」

「あの、大家さん」

「なんだい、お梅さん」

「あたし、ちょっと気になってたんですけど、その南蛮の煙草。ひょっとして、芥子《けし》で出来てるんじゃないかと」

「芥子というと、阿片《あへん》か」

「阿片は苦しんでいる病人や怪我人の痛みをやわらげるのに役立ちますが、健やかな人がこれを服用すると、とても危ないんです。気持ちがよくなることもありますが、体を壊します。痛みや苦しみを取り除く薬が、毒にもなります。いったん常用すると、やめられなくなり、高い薬なのでお金がかかります。どうしても欲しくなって、それでも手に入らないと、暴れたり、最後は気が触れて」

「それって、酒みたいなもんだね」

言いながら、半次郎はぐいっと盃をあおる。

「お酒も飲み過ぎたら、おかしくなるけど、もっと質《たち》が悪いの。だから、ご禁制で、お医者さんでも、お上のお許しがないと、容易に手に入れられないのよ」

「さて、その煙草が阿片かどうかはわからないが、なんとかして、うまく手に入れたいな。三五郎の行方がわからないなら、竹造の周辺をあたってみるか」

「あたしがやりましょう」

「お京さんが」

「ふふ、竹造ってのは、ちょいといい男なんでしょ。若くて、体格がよくて、粋で、羽振りがいいってことですけど、あたし、そういう男、嫌いじゃないから、色仕掛けで近づいてみようかしら」

「お京さん、そいつはどうかな。まずくないかい」

「なにがまずいのよ、半ちゃん」

「お京さんが男のあしらいが上手だってことは、わかるけど。竹造ってのも、したたかもんだ。下手に近づいて木乃伊《みいら》取りが木乃伊にならないかなあ」

「なに言ってるのよ。あたしが木乃伊ですって」

「いやいや、そうは言ってないけど」

「大丈夫よ。大家さん、いいでしょ。あたしが竹造を洗っても」

「うん、じゃ、そのあたりはお京さんに任せよう」

「それならね、お京さん」

徳次郎が横から言う。

「竹造だけじゃなくて、その周囲にいるのが大店の道楽息子たちらしいから、そいつらからも、なにか聞き出せばいいんじゃないか」

「さすが、徳さん、いいこと聞いたわ。今度はあたしが男たちをたぶらかしてみせましょう」

「いいですかな、大家殿」

「なんでしょうか、左内さん」

「拙者は八百屋を訪ねようと思うのだが」

「八百屋ですか」

「うむ。湯島天神で浜野屋の娘を助けたのは拙者なので、文七の死を知らせて、南蛮煙草のことを、少しでも聞き出せればと」

「わかりました。じゃ、そっちは左内さんにお願いします」

「大家さん、三五郎と竹造は、どっちも駒形の博徒、猪之吉のところへ出入りしてたんでしたね」

「文七はそう言ってたな」

「じゃ、あたしが探ってみましょう」

「弥太さんは賭場に顔が利くからね。なにか出るかもしれない。ひょっとして三五郎が隠れているかな。危ない煙草が密かに売り買いされているとすれば、裏で博徒が動いていることは大いにあり得る。そのあたりのこともわかればいいのだが」

「承知しました」

「うーんと、わたしはそうだなあ。ちょいと、煙草屋でなにかわからないか、調べてみましょうか」

「玄信先生、煙草屋ですか」

「わたしは煙草は吸いませんが、好きな人はけっこうのめり込むでしょ。みなさんがここで吸ってるのも見たことがない。どなたか、煙草が好きな人、いますか」

　顔を見合わせる一同。

「やはり、お屋敷勤めはあまり吸わないんですかね」

「あのう」

　二平がそっと乗り出す。

「二平さん、あなた、吸ってましたか」

「昔、国元で鉄砲方だったもんですから、火縄を扱うでしょ。ついでってこともないでしょうが、みんな吸ってるんですよ」

「火薬を扱うお役目で煙草を吸うのかい」

「いえいえ、そこはみんなわきまえて吸ってます。田舎じゃ、野良仕事の合間にお百姓も煙草で一服します。田舎は楽しみといえば、酒と煙草ぐらいしかありません。酒も煙草も少しぐらいならいいけど、中には一日中煙草を切らさないという猛者《もさ》もいまして、側《そば》へ寄ると、臭かったなあ」

お梅が顔をしかめる。

「煙草を吸いすぎると、黒いヤニが体の内側に溜まって、ヤニ臭くなりますし、放っておくと、胸の病になりますよ」

お梅の厳しい言葉に二平はうなずく。

「おっしゃる通りです。その鉄砲方の年寄り、煙草が好きで好きでやめられず、いつも赤黒い痰《たん》を吐いていて、胸を患《わずら》って死にました」

「そうでしょ。ただの煙草でさえ、過ぎるとそうなりますから、得体のしれない南蛮の煙草なんて、体にいいわけがありません」

「じゃあ、玄信先生は煙草屋をそれとなく調べてもらえますか。まさか、まともな本業の煙草屋がそんな怪しい南蛮わたりの煙草なんて扱っているとは思えませんがね」

「承知しました」

「あっしはなにをやりましょうね」

「半さん、あとのみんなは無理しないように、町で南蛮煙草の噂でもあれば、拾い集めておくれ。ほんとにそんな物騒なもんが出回っているのかどうか。それから、お梅さん」

「はい」

「その危ない煙草がもしもこっちの手に入ったら、そのときは、材料や効きめを調べてくれますかな」


通旅籠町の地本問屋井筒屋の奥座敷で、主人の作左衛門は福々しい笑顔をたたえながら、勘兵衛を迎え入れた。

「勘兵衛さん、どうぞ、どうぞ。お待ちしておりました。お忙しいのに御足労願いまして、すみませんねえ」

「いいえ、すぐご近所ですのに、なかなかご挨拶にもうかがわず、失礼しております。亀屋はそんなに忙しくなくて、申し訳ないですが、こちらはさすがに熱気がありますねえ。いつもお忙しい井筒屋さんでも、師走はさらに大忙しなんでしょうな」

「はっはっは」

作左衛門は豪快に笑う。

「秋に出した戯作が売れて、二摺《にずり》となり、いろいろと忙しいです。それに、年末年始は仕事を休んでゆっくりするお店者《たなもの》が多いので軽い本がけっこう出ます。暦や宝船の絵も例年通り」

「はい、仕入れさせていただきました。あんまり売れてはおりませんけど」

申し訳なさそうに首筋を撫でる勘兵衛。

「いいんですよ。亀屋さんと勘兵衛長屋のみなさんには、表の稼業よりも大切なお役目がありますから」

お役目と聞いて、勘兵衛の目が輝く。

「さようですか。では、また、お殿様からの新しい世直しのお指図が出ましたか」

作左衛門は小首をちょっと傾げる。

「そういうわけでもないんで」

「はあ」

「先月のお働き、お見事でした。お城の御金蔵にごっそり。おかげでこの年末、助かっている人がどれだけ多いか」

「さっそく役に立っておりましょうか」

「それはもう。ところで、今月はなにか、長屋のみなさんで悪事の種でも探しておられますかな」

「まだ、ご報告までには至っておりませんが、ちょいとした騒動にかかわっておりまして、形になるようでしたら、井筒屋さんからご家老を通じて、お殿様にお伝えいただくようお願いするかもしれません」

「ほう、どのような」

「湯島天神で刃物を振り回す若い男がおり、参道で町娘を襲おうとしたのを左内さんが取り押さえたのですが、気鬱《きうつ》ということで、表沙汰にはなりませんでした。後日、左内さんに命を助けてもらった礼を言いたいというその娘を連れて、町方の手先が長屋を訪ねて来たんです」

「それはちと厄介ですな。町方に長屋を探られては」

「ところが、この御用聞きが湯島天神の石段から落ちて死にました」

「死んだ」

「その裏になにか悪事の種があるようなら、また、お殿様からお指図を仰ごうかと存じまして、今、いろいろと長屋の連中が動いております」

「ははあ。なにか悪事にいきつけそうですかな」

「若い道楽者たちの間で、胡散臭《うさんくさ》い煙草が出回っているような」

「胡散臭い煙草とは」

「まだ、雲をつかむような塩梅で、お梅が言うには、人を酔わせる阿片のようなものが混ざっているかもしれないと」

「いけませんな。そんなものが広がっては、お上が動かなければなりますまい。阿片ですか」

「いいえ、まだなんとも。道楽者たちがたむろして変な煙草を吹かしていても、お上はまだ動かず、手先の御用聞きだけが命を落としました」

「なるほど、それは探るべきでしょう。よろしく」

「はい」

「ところで、今日、勘兵衛さんに来ていただいたのは、ご家老からひとつ、調べてほしいとの案件がありまして」

「ご家老、田島半太夫様からですか」

「ええ、できれば、早急にとのことで」

勘兵衛は大きくうなずく。

「承知いたしました。で、どのような」

「煤払いの翌日のこと、柳橋でお殿様が新任の北町奉行、戸村丹後守様と同席なされまして」

「柳橋で同席、酒の席でございますか」

「お忍びでの宴席です。お殿様は戸村丹後守様を大変気に入っておられる様子。お歳はふたつ下、元目付で、剣術ができ、少々型破りなところがおありなのは、殿にいささか似ておりまず」

「ほう」

「そこにもうふたりの者が同席しておりまして、ひとりは小石川養生所の医師、長崎帰りの安井良順、もうひとりは下谷広小路の菓子屋、岡田屋清右衛門。どちらも丹後守様とご昵懇とか」

「岡田屋といえば、加羅栗の」

「ご存じですか」

「さきほど申しましたが、左内さんが湯島天神で若い男を取り押さえたこと。その男は岡田屋の清右衛門のせがれ清太郎でした」

「なんと、それはまことですか」

「はい、気鬱で座敷牢に押し込めだったのが、抜け出しての騒動です」

「ははあ、奇遇ですなあ。ご家老からの案件、その岡田屋のことなのです」

「岡田屋を調べるのですか」

「新春早々に、岡田屋が新しく考案した菓子を売り出します。その名を夕闇月」

「夕闇月、奇妙な名ですな。菓子にしては少々不気味ではありませんか。で、なにゆえに岡田屋を」

「お殿様が柳橋の宴席で、岡田屋から厄介なことを頼まれました。新春に売り出す夕闇月に老中松平若狭介様の御直筆お墨付きを賜りたいと」

「ご老中が菓子にお墨付き、そんな馬鹿な」

「質素倹約を心がけておられる清廉潔白な殿が、商人の頼みでそのようなお墨付きを書かれるわけがない。勘兵衛さんもそんな馬鹿なと思われましょう。ところが、殿は丹後守様を気に入り、丹後守様が気脈を通じる岡田屋に便宜をはかられるやもしれず」

「まさか、菓子ごときに、殿がお墨付きを」

「岡田屋のせがれが湯島で暴れたとは知りませんでしたが、実はその気鬱のせがれが小石川養生所に入り、安井良順の世話を受けておりまして、そのため、岡田屋から養生所に千両箱が届けられたのです」

「施療院に千両ですか」

「殿はそれをもお喜びになられ」

「奇特ではございますが。しかし、ご老中の位にある殿が富裕の商人のために便宜をはかり、菓子などに」

「その菓子、殿は柳橋でお召し上がりになられたのです。まだ出来たばかりで、清右衛門以外で最初に口にしたのが殿であり、大変美味であったと。その菓子の味を岡田屋に伝授されたのが、丹後守様のお父上、今は向島に隠居なされている戸村伯碩様」

「町奉行の父親が菓子の味付けを伝授」

「岡田屋の先代清右衛門は京都で菓子の修業をしていたときに当時の京都西町奉行であった伯碩様と懇意になり、今の清右衛門は伯碩様が長崎奉行を辞されて江戸に戻られたときから出入りしており、どうやら伯碩様は囲碁《いご》がお好きでいらっしゃる。清右衛門とは囲碁を通じて親しくなられ、菓子にも助言なされたとのこと」

「ほう、碁がたきは憎さも憎し、相通じるのでしょうな」

「実は先代考案の加羅栗が急に三年前に売れたのも、そのとき伯碩様が味付けを変えるよう示唆された由」

「それで加羅栗が売れたんですね」

「今は売れ行きが落ちておりましてね。そこで新しい菓子を売り出すとのこと。殿のお墨付きは箔をつけるためでしょう」

「戸村伯碩様ねえ。町奉行の父親といえば、武士でしょう。菓子の味付けなんかできるんですか」

「この伯碩様は隠居なされる前は長崎奉行。異国の知識もいろいろお持ちで、その前は雅《みやび》な京都で町奉行、学問もおできになり、今は文人墨客とも付き合いがあるそうで、それを知って、戸村様のお父上ならば間違いなかろうと、しかも出来立てを召し上がられた最初の客として殿はお墨付きを快諾されたのです」

「快諾って、まさか、もう書かれましたか」

「いや、まだだそうですが、大晦日には届けるようにと請われ、すぐにも取りかかるだろうと、ご家老がご心配をなされておられるのです。なにしろ殿は一本気で型破り。それを補佐されるご家老はかなりのへそ曲がり」

勘兵衛は笑う。

「一本気とへそ曲がり、よい組み合わせだと思います」

「はい、おかげであなたがたの住む田所町の長屋が作られたのですから」

「違いありません」

「ここだけの話、型破りもときには困りものですな。へそ曲がりのご家老は今回のお墨付きの件に頭から疑いを抱いておられて、年内に調べてほしいとのこと。いかがでしょうか」

「ご家老の疑いとは」

「隠居した遠国奉行が文人となり囲碁仲間の菓子屋とつながるのは、わからぬでもないが、なにゆえ町奉行がそれを後押ししてご老中の殿にお墨付きを願うのか。丹後守様は先月まで公儀目付として幕臣の動きに目を光らせ、どうやら先任の北町奉行柳田河内守の不正に目をつけていたらしい」

「そうでしたか」

「丹後守様は河内守と津ノ国屋のつながりも摑んでおられた様子、御金蔵に百万両が納まったことも知っておられ、そこで小石川養生所への援助を願い出ておられた。そんな公明正大で民を思われる町奉行が、父上が考案なされた菓子にご老中のお墨付きを望まれるのは、役儀の濫用にあたるのではないか」

「なるほど、へそ曲がりなりに筋は通っておりますな」

「岡田屋の加羅栗は美味で売れてはいるが、奇妙な味わい。このほど売り出す夕闇月は、殿がおっしゃるにはさらに不思議な味がするそうで、製法は秘伝。なにか胡乱《うろん》なものが味付けに加わっていれば、お墨付きを書かれた殿のお立場にかかわると、ご家老なりに心を痛めておられるのでしょう」

「つまり、丹後守親子と岡田屋のつながりを調べ、新手の菓子の製法を探るようにとのご依頼ですな」

「まあ、そんなところです。お忙しいところ、大変急で申し訳ないのですが」

「はあ、調べはいたします。が、ただの菓子。疑わしい点がなにもなければ、その折は」

「岡田屋の店先にご老中松平若狭介様のご直筆が恭《うやうや》しく飾られましょう。菓子が飛ぶように売れるかどうか、商売はまた別ですが」

四

「みんな、忙しくしているのに、急に呼び出して悪いね。井筒屋さんから急ぎの案件だ」

亀屋の二階に集まった長屋の面々、いっせいに目を瞠《みは》る。

「おおっ、では大家さん、お殿様からの新しい指令ですね」

「ところがね、半さん、ちょっと違う」

「違うんですか」

「今回はご家老、田島半太夫様からのご依頼だ。年内に急いで調べてほしいことがあると」

「ご家老から年内にですか」

徳次郎が首を傾げる。

「いったいどんな」

「うん、その前に、ちょっと確かめておきたいんだがね。今、みんなが取り組んでいる案件、どうなっているかな」

お京が真っ先に言う。

「遊び人の竹造、あっけなかったです。南蛮の煙草、あたし、吸いました」

「え、吸ったって」

驚く半次。

「お京さん、大丈夫だったの」

「割と平気、でも、ちょっと気持ちよくなって、夢見心地っていうのかしら、ふらっとなって」

「竹造とふたりっきりで、ふらっと気持ちよくなっちゃったのかい」

「違うわよ。他にもいたの。大店の道楽息子たちが」

「え、何人ぐらい」

「竹造をいれて男が全部で五人」

「その中にお京さん、女ひとりでふらっと」

ますます不安になる半次。

「大家さん、あたし、思ったんですよ。いつもは竹造が若い娘を引っ掛けて、池之端の茶屋に連れ込み、南蛮煙草でふらふらにさせて、道楽者の若旦那たちといっしょに寄ってたかって手込めにしてるんじゃないでしょうかね。大勢にいたぶられて、娘は恥ずかしくて訴えられず、たいていは泣き寝入り、あるいは八百屋のお絹みたいに、煙草ほしさに入り浸って、逆に楽しんだり」

「お絹は縁談を控えているんだが、まさか入り浸っていたのか」

「そうらしいです」

「まさか、お京さんも道楽息子たちから」

心配顔の半次である。

「なに言ってるのよ。あたしはそんじょそこらの生娘と違って、男のあしらいはお手のもの。指一本触《さわ》らせず、南蛮煙草を一袋、手に入れてきました。それに若旦那たちの名前と屋号と店の場所、みんな書き留めておきましたから」

ほっと胸を撫でおろす半次。

「煙草は今、お梅さんに調べてもらっているところよ」

「はい、芥子じゃありませんね。もう少し、詳しく調べますが、ひょっとして麻のような。いずれにせよ、危ない毒はあると思われます」

「頼むよ。お梅さん」

「あ、それから、岡田屋の若旦那のことですが」

お京がさらに付け加える。

「八百屋のお絹が大家さんと左内さんに言った話と竹造たちから聞いた話では、少し違っているんです」

「ほう」

「お絹と清太郎が不忍池を歩いていたとき声をかけて、竹造はふたりを池之端の茶屋に連れていったと言うんです」

「ふたりいっしょにか」

「はい、清太郎は昔、竹造にいじめられていたが、今は若旦那になっているんで、いじめたりはしない。そこにいた道楽息子たちはみんな大店の若旦那で、少しは顔見知りだった清太郎はいっしょに南蛮煙草を吸ったんですって」

「話の筋が違っているな」

「そこで、みんなで寄ってたかってお絹を弄《もてあそ》び、清太郎もいっしょだったそうです」

「なんだよ」

　半次が顔をしかめる。

「振られ男じゃなかったのか」

「それから、清太郎とお絹はいっしょに池之端に行くようになるんですが、清太郎の様子がだんだんおかしくなったそうで。おそらく南蛮煙草の毒にあてられたんじゃないかしら。竹造は他の大店の若旦那と違って、貧しい植木屋のせがれ、満足に仕事もしていない遊び人なのに羽振りがいいのは、若旦那たちに南蛮煙草を世話しているからで、高く売りつけているんでしょうね。そういえば、他の若旦那の中にも清太郎ほどでないにしても、煙草が病みつきになったせいで気味の悪いのがいましたよ」

　お梅が首を振る。

「ああ、いやだ、いやだ」

「竹造が道楽息子たちと面白おかしくしゃべっていたのは、おかしくなった清太郎がふた月ほど前に座敷牢に入れられ、師走に抜け出して、包丁を持って池之端の茶屋に向かい、茶屋から出てきたお絹が迎えの乳母と天神様にお参りに行くのを見つけ、気が触れているんで、ひたすらお絹を狙って、左内さんに取り押さえられた。そんな筋書きです」

勘兵衛が溜息をつく。

「いやな大筋が見えてきたな。竹造は道楽者の若旦那たちに闇の南蛮煙草を売りさばいて羽振りがよく、さらにこの煙草を使って若い娘たちを引っ掛け、寄ってたかってなぶりものにしていた。清太郎はお絹とともにその仲間に加わり、煙草の毒が回って気の病にかかり、座敷牢に入れられた。そんなところだね」

「お絹はまだ十七よ。清太郎は同い年、兄貴株の竹造が十九、他の連中も似た年恰好。竹造といい、若旦那たちといい、いっぱしのはみ出し者を気取ってるけど、みんな屑《くず》の青二才ばっかり。あっけなかったわ」

嘲笑《あざわら》うお京。

「外面如菩薩《ぼさつ》内心如夜叉《やしゃ》、げに恐ろしきは女子じゃのう」

「まあ、左内さん。あたし、そんなに恐ろしいかしら」

「いや、お京さんのことではない。八百屋の娘、お絹のことでござる。十七であれだからな」

「左内さん、八百屋に会いに行きなさったんですね」

「うむ。文七と長屋に礼に来たとき、したたかな娘とは思ったが、お京さんの話で、さらによくわかった。拙者、下谷町の浜野屋を訪ね、お絹に文七の死を伝えた」

「驚いたでしょう」

「それが少しも驚かん。知っておるのかと問うと、噂でそのようなことを耳にしたととぼける。文七は南蛮煙草のことを調べておって、殺されたのだと言うと、顔色が変わった。なにも知らない。変な言いがかりはやめてくれと大声で拙者を罵《ののし》る」

「命の恩人に向かってひどいわね」

「そこへ奥から例の乳母のお常が出てきて、包んだ金を渡そうとするので、受け取らずに出てきた。お京さんの話と合わせると、文七が八百屋を突き止めさえしなければ、お絹は知らぬ存ぜぬを通していたであろうな。文七はひょっとして、竹造や仲間の道楽息子たちに突き落とされたのかもしれん。連中とは手を切ったと言っておったが、お絹はそのことを知っていたようだ」

「なるほど、たしかにしたたかな女ですね」

「左内さん、文七はあたしの投げ文で三五郎の居場所を知って、長谷川町まで行ったと思います。そこで、詰め寄られた三五郎はもう足を洗っているとしらばくれ、今は池之端の竹造がひとりで南蛮煙草を扱っているので、そっちを調べろとかなんか言って、裏でこっそり竹造たちに文七が行くと伝えた。そこで文七は竹造たちに殺された」

「弥太さん、それも考えられるね」

「とすれば、文七の仇、竹造と道楽息子どもを斬り捨てたくなった」

「南蛮煙草で娘たちを酔わせ、寄ってたかって手込めにするような外道《げどう》ども、いずれ成敗してもいいでしょうが、もう少し泳がせて、煙草の真相を確かめなければならないでしょうね」

「そうですな、大家殿。今は殺生は控えます」

「竹造と三五郎は南蛮煙草で悪さをしていた。じゃ、その煙草はどこから手に入れたのか。弥太さん、ふたりが出入りしていた駒形の博徒、猪之吉のこと、なにかわかったかい」

「ちょいと調べましたが、なかなかの悪です」

「だろうね」

「竹造に闇の南蛮煙草を売らせているのが、やはり駒形の猪之吉らしいです」

「竹造は猪之吉の売り子なんだね」

「猪之吉は浅草の善宋寺《ぜんそうじ》という小さな寺で毎日のように賭場を開いております。寺は町方が踏み込めないので、ご禁制の博奕《ばくち》も黙認になっているところが多いんですよ」

「おまえさん、賭場には詳しいからね」

「はい、まあ、お役目ですが。で、猪之吉が使っている寺は和尚が生臭坊主で、賭場には、近所の職人や小商人、けちな若い遊び人が出入りしているだけです。猪之吉も毎日顔を出していますが、お上から目をつけられるほどじゃありません。それとなく潜り込んで、賽子《さいころ》で遊んでいますと、賭場で賭け事をせず、奥の貸元のところで、なにやらひそひそと話して、包みを受け取って出ていく遊び人がおります」

「それは」

「はい、もうおわかりですね。おそらく包みは闇の南蛮煙草。そっと見ておりますと、他にも包みを受け取る遊び人もいます。遊び人は南蛮煙草の売り子。賭場はご法度ですが、さらに裏で闇煙草の受け渡し場に使っているんですね。ちょいと耳をそばだてて聴いておりますと、どうやら、闇の煙草が以前より品薄らしくて、不満を言う売り子がいたり」

「駒形の猪之吉という博徒が、南蛮煙草の元締めなのか」

「はい、それを突き止めようとして、文七は殺されたに違いありません」

「その善宋寺の賭場から、南蛮煙草の入手先が突き止められるかもしれないね」

「品薄らしいんで、すぐに入ってくるかどうかわかりませんが、なんとか探り出しましょう」

「ええっと、よろしいでしょうかな」

　玄信が難しい顔をしている。

「はい、先生」

「みなさん、さきほどから闇で出回る煙草のことを南蛮煙草と言われておりますが、わたしは煙草屋を二、三回りまして、うまく亭主や番頭と話をして、耳よりな種を仕入れてきました」

「ぜひ、お聞かせください」

「今、わたしたちは闇の煙草を探っておりますが、本来、タバコというのは南蛮人がその昔にわが国に持ち込んだもので、タバコという言葉そのものが南蛮語なのです」

「ええっ、タバコが南蛮語。じゃ、異人も煙草のことをタバコというんですか」

「おそらく。文字にすると草かんむりに良し、あるいは煙の草と書いてタバコと読ませます」

「はあ、なるほど」

「つまり、ごくあたりまえに町の煙草屋で商っている煙草そのものが、元はといえば南蛮のもの。だからわざわざ南蛮の煙草というのはおかしい。だが、道楽息子どもの間で密かに南蛮の煙草として出回っているのは、普通の煙草ではありません」

「闇煙草と普通の煙草はどう違うんでしょうか」

「それも親切な煙草屋で教えてもらいました。煙草というのは野菜と同じで畑で育てる。在所には煙草の畑があるそうです。その葉っぱを刈り取り、煙草屋の店まで出荷する。そこで刻み煙草にして、店で売るわけです」

「それを煙管に詰めて火をつけ吸うんですね」

「はい、煙草は吸い過ぎると体に悪いですが、人の気持ちを落ち着かせる作用があります。ところが今、闇で道楽息子たちに出回っているものは、気持ちが落ち着くどころか、高ぶったり、気を失ったり、男女が淫らに交わったり、過ぎると気が触れたりで、煙草屋が商っている煙草とはまったく違うものです。さきほど、お梅さん、芥子ではなく、麻のようだと言ったよね」

「はい、細かく刻んでありますが、触った感触が麻のようでして」

「それはありえますぞ」

「先生、麻が煙草になるんですか」

「いえ、以前、なにかで読んだのですが、ある田舎の宿屋で、泊まった旅人に夕飯を出すとき、麻の葉を具にした汁を添える。すると、客はぼおっとなって、いろんなことを忘れてしまう。その隙に金目のものを物色したり、財布の中からいくらかを抜き取ったりして、朝には客を送り出します。客はなんにも知らずにそのまま旅立つのですが、やがて露見し、宿の主人夫婦は御仕置になった。という話」

「麻の葉を具にした汁で、客がおかしくなるんですか」

「なにかの戯作だったので、ほんとか嘘かはわかりませんし、麻にどれだけの作用があるかも不明です。お梅さん、ひょっとして、今回の怪しい闇煙草、遊び人が南蛮の煙草と称しているならば、南蛮渡りの麻のような草木の葉かもしれませんぞ」

　勘兵衛はほとほと感心する。

「みんな、わずかな間に、よくそれだけのことを探ってくれたね。闇で出回る煙草には悪事の臭いがぷんぷんするよ。それはそれとして、井筒屋さんを通じてのご家老のご依頼の件だが」

　一同、襟を正す。

「これはお殿様にもかかわる大事なことなので、ぜひとも年内にはっきりさせたいとの仰せなんだよ。今探ってくれている案件とも少しはつながるところもあってね」

「つながるとは、どこがでござろう」

「岡田屋ですよ、左内さん」

「へえっ、ご家老が加羅栗の岡田屋を探れってんですかい」

半次が驚いたように言う。

「うん、湯島で騒動を起こした清太郎は今、小石川養生所に入っている。そして、岡田屋が新春に新しい菓子を売り出すことになったんだ。ご家老から、その菓子に関することをみんなに調べてほしいとのご依頼だよ」

「するってえと、加羅栗じゃなくて、新しい菓子なんですね」

「菓子の名は夕闇月、売り出しは正月二日の初売りの日。もう、岡田屋では作り始めているかもしれないが、来年までは世に出ない」

腕を組む徳次郎。

「で、その岡田屋の新しい菓子になにか悪事の種があるのですか」

「いやあ、それがなんとも言えなくてね。あるかもしれないし、ないかもしれない」

一同は首を傾げる。

「変な言い方をして、悪かった。お殿様が先日、煤払いの翌日に、新任の町奉行戸村丹後守様と柳橋の茶屋で同席された」

「お殿様、お奉行と一杯やったんですね」

「うん、そのとき、菓子屋の岡田屋清右衛門と小石川養生所の医師安井良順もいっしょでね。正月に売り出す夕闇月にご老中松平若狭介様のお墨付きを賜りたいと岡田屋が願い出たそうだ」

「ええっ、菓子にお墨付きですか」

「丹後守様がいっしょになって勧められたそうなんだ。丹後守様のお父上は元長崎奉行、その前は京都町奉行で、今は隠居して伯碩と名乗られ、向島で文人墨客のような暮らし。この伯碩様が夕闇月の味付けを考案されたそうで、実は加羅栗が三年前から急に売れたのもこの方のご意見で味付けを変えたからという」

「つまり、こうですかな」

考え深げに玄信が言う。

「今の町奉行の父親が岡田屋の売れ筋の菓子の味付けにかかわっていたと」

「そういうことですな。で、お殿様は戸村丹後守様をけっこう気に入られて、夕闇月も召し上がり、お墨付きの件、その気になられて、大晦日までに届けるという約束になったそうで、ここでご家老が、そのあたりのことを調べてほしいというご依頼なんです」

「面白そうだわ」

お京が目を光らせる。

「闇煙草のほうは一段落とはいえないけど、ある程度目途がつきそうだし、年内もあと十日余り、まず、夕闇月でしたっけ」

「うん、食べた者を病みつきにするんで夕闇月」

「なんだ、洒落ですね。へへっ」

にやける半次。

「ですから、その夕闇月を先にささっと片付けてしまいましょうよ」

「お京さんの言う通り、あたしもそのほうがいいと思います。まだお指図がないまま煙草のほうで動いていますが、ご家老からのご依頼なら、日も迫っているし、そっちを先にやりましょう」

「うん、そうだね。ひとつは丹後守様親子と岡田屋とのつながりだが、わかっているのは、岡田屋の先代が京で菓子の修業をしていたときに当時の京都西町奉行が戸村伯碩様、今の岡田屋清右衛門と伯碩様はどうやら囲碁でつながっているようなんだが、そこになにかあるかどうか。もうひとつは、その菓子の味付けが怪しくないかどうか、変なもんが混ざってたら困るじゃないか。さらにもうひとつ気になるのは、岡田屋が気鬱のせがれを小石川養生所に入れたとき、千両を寄進したそうだが」

「わ、千両も。あるところにはあるんだなあ」

半次が感心する。

「清右衛門はせがれが幼い頃から厳しく折檻し、気性が合わず、仲も悪く、気鬱になったら座敷牢へ閉じ込め、今度は小石川養生所だ。そこへ千両も出すのが、わたしは腑に落ちないんだ。そのあたりも少し、調べたらどうかな。お殿様を柳橋の茶屋で饗応したのが岡田屋で、同席したのが戸村丹後守様と小石川の医者、安井良順だった。良順は長崎帰り、戸村伯碩様はかつて長崎奉行、叩けばなにか出てきそうな気がするんだが」

# 第四章　桃源郷《とうげんきょう》の闇

## 一

「どうじゃな、岡田屋。夕闇月は進んでおるか。正月は近いぞ」

「はい、御前様《ごぜん》。店の奥の工房で子飼いの菓子職人たちが寝る間も惜しんで作っております。あとは良順先生から隠し味の素が届くのを待つばかり。仕込みは秘伝ですからわたくしひとりで手掛けますが、江戸中が夕闇月に病みつきになるのも、間もなくでございます。それもこれも、御前様のおかげと、お礼を申し上げます」

　本所向島にある屋敷は庭は広いが、建物はさほど大きくない。が、瀟洒《しょうしゃ》な造りで中は豪華な品々で飾られている。

　御前と呼ばれる戸村伯碩は五十半ば、長身痩軀で青白い細面の顔は彫りが深く、目つきは鋭い。家具調度は立派だが、衣服は清楚である。三年前に長崎奉行を辞して隠居し、家督を嫡子の善八郎に譲って、この別邸で静かに暮らしている。

畳敷きの座敷に豪華な座卓を挟んで伯碩と向き合っている恰幅のいい四十半ばの町人は岡田屋清右衛門である。

伯碩は座卓の上のギヤマンの杯に赤い酒を注ぐ。

「さ、ウェーンを飲むがよい。冬場、冷えた赤いウェーンは甘露である。樽が届かなくなり、加羅栗の味が落ちたのう」

一口飲んで満足そうに清右衛門は喉を鳴らす。

「おお、なんという味わい。わが日ノ本《ひのもと》でウェーンが醸造できませんのは、まことに惜しゅうございます」

「甲府《こうふ》では葡萄《ぶどう》を栽培しておるようじゃが、まだまだウェーンは出来ぬであろうな」

「安井良順先生でも、なかなかでしょうか」

「うむ。良順は医術、本草《ほんぞう》学、蘭学に通じており、工夫いたしておったが、ウェーンは難しいようじゃ」

「それは残念でございます」

「わしは長崎奉行を辞して三年、会所から取り寄せるのも無理がある。下手《へた》に抜け荷などすれば、切腹の上、御家断絶は必定。残り少ない余生、ウェーンを密かに楽しむしかあるまい」

「なにをおっしゃいますやら。残り少ない貴重なる美酒、いただけますことは、まことにありがたき幸せにございますが、御前様にはますますめざましいご活躍を末永く期待しております」

「隠居したわしに、まだまだ働けと申すのか」

「いいえ、ますます精力的にお遊びくださいませ。御前様と岡田屋とは思えば長いお付き合いをさせていただいております」

「うむ。おぬしの父、先代清右衛門が京で上菓子《じょう》の修業をしておったとき、わしは京都西町奉行であった。京の土地は江戸者を嫌う風習があり、たまたま知り会うた清右衛門もわしと同じ江戸者。身分を越えて意気投合いたした」

「ありがとうございます。父も草葉の陰で喜んでおりましょう」

「やがて、わしは長崎に赴《おもむ》き、清右衛門は江戸に帰り、その後、とうとう会わずじまいであったが、不思議な縁で江戸に戻ると、おぬしに出会うたな」

「はい、御前様のことは亡き父よりいつも聞かされておりました。心優しく才のあるお方と」

「世辞を申すな」

「わたくしがそのとき持参いたしました加羅栗を召し上がっていただき、父の形見でございますと申し上げますと、一味工夫してはどうじゃと仰せられ、御前様のご助言に従いました。おかげ様で加羅栗が評判となり、店に行列が出来ました」

「ふふ、加羅栗では、わしもいささか儲けさせてもらった」

「いえ、ほんのお礼でございます」

「それゆえ、せがれは町奉行に出世できた。金の力があれば、なんでも思い通りじゃのう」

「なんの、善八郎様のご出世は持って生まれたご才覚ゆえ、いずれは大名におなりになるかと」

「大名になどなっても、つまらぬわ。この江戸で面白おかしく生きるのがなにより」

「仰せの通りでございます。ただ、昨今では、加羅栗が以前ほど出なくなり、となると入ってくる金も以前ほどではなくなりました」

「仕方あるまい。隠し味のウェーンが乏しくなったのじゃ」

「さようでございますなあ。隠し味、御前様のご助言で、加羅栗の甘味にウェーンを加えましたるところ、だれも口にしたことのない銘菓となりました。商売敵《がたき》がその秘伝を探らんといたしましたが、これだけは子飼いの職人にも知らせず、わたくし自ら、ひとりで仕込みを続けておりました」

「そのウェーン、わが国ではとても醸造できず、出島《でじま》からたまに入ってきても、おそろしく高値になった。となると加羅栗は作れたとしても、途方もない値になる。菓子にそこまで金を払う物好きは少ないぞ」

「はは、これは手厳しいお言葉。京上方ならばいざしらず、江戸では菓子は子供騙しの駄菓子のほうが商売になるかもしれませぬ。今後の加羅栗はわたくしの父が作っておりました京菓子の味に戻しまして、値は上げずに数も減らそうと思っております。一応は岡田屋の名物でございますので、客足が遠のき、売れても売れなくともどちらでもいいようにいたします」

「それが商いの要領というものじゃな。わしも少しは見習わねば」

「なにをおっしゃいます。御前様もまた、商売上手でいらっしゃる。あ、これはお武家様に対して大変失礼なことを申しました」

「いや、商売上手、大いにけっこうじゃ。が、悪どく儲けようとすれば、必ず失敗する。そこはうまく立ち回らねばならんのう」

「さようでございますとも」

「これも囲碁の極意と同じでな。どうじゃ、ひと勝負」

「願ってもないことでございます。毎回、これが楽しみでうかがいまする。御前様とのお手合わせ、至福の時と思っております」

「ウェーンを飲みながらの一局、わしもなにより楽しみでのう。さ、それを」

「ははっ」

清右衛門は座敷の隅まで進み、そこの碁盤を持ち上げ、座卓の脇まで運ぶ。ふたりは碁盤を挟んで向かい合う。

「夕闇月の味はどうじゃ」

伯碩はぱちんと白を碁盤に置く。

「はい、まさかの隠し味、最初うかがったときは仰天いたしました」

清右衛門は黒を碁盤に置いていく。

「良順が働いてくれたおかげじゃ」

「良順先生には愚息も世話になっております。せがれの気の病は例の煙草《たばこ》を吸ったせいで、まことに厄介なわが家の疫病神《やくびょうがみ》でございます。できればこの手で始末したいぐらい」

「恐ろしいことを申すのう」

「恐ろしいのはあの闇の煙草でございます。一服つけると桃源郷の心地、癖になっていつまでも吸い続け、だんだん半病人となり、切れると喚《わめ》いて暴れます。せがれはとてもうちには置けず、養生所で良順先生が薬漬けにしてくださったので、まあ一安心、そのうち死んでくれれば、出来のいい養子に店を継がせます。そのために小石川には大金を預けてございます」

「わしも長崎にいた頃、丸山《まるやま》の遊女が吸っておるのを初めて見てのう。あれは出島の異人がバタビアから持ち込んだ草で、麻の一種じゃ」

「バタビアとはオランダでございますか」

「出島にいるオランダ商人は遠く世界の果てのオランダからはるばるわが国の長崎へ参るわけではない。唐土《もろこし》の南にあるバタビアから来ておる。そこにあの南蛮麻が茂っておるようじゃ。長崎におった良順にこれを江戸に持ち帰らせて、小石川薬草園で調べさせると、こちらの風土でも育つことがわかり、なかなかの効用もある。ここ一年ほどでこの屋敷の庭にも青々と生い茂ってきた。そこでよい商いにならぬかと思案したのじゃ」

「ご相談いただきましても、わたくしは菓子屋ですので、煙草を売るわけにはいかず、ましてやご禁制の異国の草をまともな煙草屋は取り扱いません」

「芥子ならばご禁制じゃが、あの南蛮麻は未知ゆえ、ご禁制にもなっておらぬ。そこが抜け道かのう。良順はああ見えて、丸山では相当に遊んでおったし、今でも薬草園を抜け出し伝通院《でんづういん》裏の岡場所に通っておるようじゃ」

「へえ、伝通院裏の岡場所ですか。良順先生、堅物に見えますがねえ」

「女好きで、しかも博奕好きでもある。駒形の賭場で負けて借金を作りおって、わしに泣きついてまいった。それで、南蛮麻を煙草にして、博徒の猪之吉に捌《さば》かせるよう教えてやったのじゃ。大店の道楽息子たちに広まって、いい金になったそうじゃ。それで良順め、また伝通院裏へ通っておるわ」

「まさか、愚息までがそんな煙草に溺れますとは、因果応報でございます」

「わしのせがれは目付をしておったので、裏の話はよくわかる。つい先頃、売り子を探っていた町方の手先がおったという。もはや、闇の煙草の商売はこれまでであろう」

「それがよろしゅうございますとも。取り締まる側は町奉行丹後守様なので、なんとでもなりましょうが」

「だがのう、煙草をやめるとすると、生い茂った庭の草をどう金のなる木に変えられるか」

「そこで、夕闇月の隠し味ですな」

「良順が南蛮麻の葉から汁を抽出する工夫をようやく編み出しおった。使える男じゃ。これを夕闇月の隠し味にしたならば、一口で桃源郷、忘れられぬ味わい、欲しくて欲しくてたまらぬと病みつきになろう。未来永劫、売れ続ける菓子になるぞ」

「はい、丸い外側だけはどんどん作っております。あとは良順先生の隠し味の素、待ち遠しゅうございます。夕闇月の餡に仕込みますれば、決して飽きたりはいたしませんな。材料はお庭にどっさり、加羅栗の二の舞にはなりませぬ」

「中には体を壊す者もあろう。おぬしのせがれのように気鬱になる者も。だが、考えてもみよ。それは酒も同じじゃ。飲み過ぎればだれでも酒に溺れ、酔えば不埒を働き、体を壊す」

　ウェーンの杯をぐっと飲み干す伯碩。

「異国の煙草、酒と少しも変わりはせぬ」

　伯碩の杯にウェーンをなみなみと注ぐ清右衛門。

「さようでございますとも。先日、良順先生から試作の隠し味をいただきまして、桃源郷の夕闇月を作りました。お奉行丹後守様がご案内くださり、ご老中の松平若狭介様に召し上がっていただきますと、大層喜んでくださいました。酒が許される世の中、夕闇月もお咎めにはなりませぬ」

「それはなにより。お墨付きもいただけそうかな」

「はい、大晦日までに届けるとのことで」

「ならば、間違いあるまい。隠し味の秘伝は良順の頭の中だけにあり、表に出ることもなかろう。なにしろ、ご老中のお墨付きがあれば、たとえ隠し味が露見しそうになっても、知らぬ存ぜぬで通せばよい。だれも文句を言うまいし、そんな輩《やから》は北町奉行所で取り締まればよい」

「御前様の深いお考え、そこまで押さえておられますか」

「それも先々の手を読む囲碁の極意と同じでな。おお、その石」

「なにか」

「その手は、うーん、ちょっと待ってくれぬか」

「いいえ、この石ばかりは待てませぬ」

「なんと。待たぬと申すか」

伯碩は静かに立ち上がり、床の間に立てかけられた槍を手にし、いきなり天井を突く。息を呑む清右衛門。

「いかがなされました」

「ふふ、天井に鼠がおった」

　槍の先にわずかな血。

「手応えありと思うたが、取り逃がしたな」

「鼠とはなにもので」

「そのほうの商売敵が菓子の秘伝を盗みに参ったのかもしれぬ。加羅栗のときも何匹か、仕留めたのだが、今回はどうやら逃げられた」

「では、夕闇月の秘伝、隠し味が洩れましょうか」

「大事なかろう。鼠ごときに、われらの話から夕闇月の味が再現できようか。さ、ウェーンはまだあるぞ。勝負を続けようぞ。あ、その石、待たずともよい」

　ぱちんと碁盤に白石を置く伯碩。

「ああ、そうこられましたか。これは、まいりましたなあ」

　伯碩は満足そうにウェーンの杯を飲み干す。

「一句浮かんだぞ。碁がたきと酒くみかわす年の暮れ」

「お見事」

　清右衛門はさらに伯碩の杯にウェーンを注ぐ。

亀屋の二階には長屋の面々が揃っており、上座の勘兵衛の横に井筒屋作左衛門が座っているが、いつもの福々しい顔が思案深げである。

「お京さん、この井筒屋作左衛門、感服いたしました。さすが、ご家老秘蔵の忍び、よくぞ、そこまで詳しく聞きとれましたな。怪我の具合はいかがですか」

長い報告を語り終えたお京は作左衛門に頭を下げる。

「ありがとうございます。そんなにお褒めになられては、あたし、恥ずかしゅうございます。たまたま運がよかっただけですもの。岡田屋を見張っておりましたら、主人の清右衛門が夕暮れに駕籠《かご》で出かける様子。どこへ行くのか、だれかと会うのか、なにもわからずにあとをつけましたら、浅草から吾妻橋《あづまばし》で大川を渡って向島、田圃道に囲まれた屋敷に入りました。ははあ、戸村伯碩の隠居所に違いない。そう思って、そっと天井裏に」

「いやあ、たいしたものです。わたしも、みなさんご存じでしょうが、その昔は隠密を務めておりました。とても忍びの術までは身につかず、二十年前にお役御免を願い出まして、今は本屋。お殿様とみなさま方の橋渡しだけが楽しみでございます。お京さん、岡田屋と戸村親子のつながりがこれではっきりし、夕闇月に仕込まれる隠し味の正体もよくわかりました。で、腕の傷はいかがですか」

「井筒屋さん、ご心配いただき、ありがとうございます。天井裏で気配を読まれるなんて、忍びのくせにとんだ落ち度でした。でも、あたし、ほんとに運がようございました。穂先があと二寸か三寸ずれていたら、心の臓をひと突きでしたから」

「うっ、そんなことになったら」

半次が胸を詰まらせる。

「なに、泣きそうになってるのよ、半ちゃん。槍がかすったから、少し腕を切ったけど、大丈夫。お梅さんに薬を塗ってもらって、もう全然痛くもなんともないわ」

腕をさするお京。

「お梅殿の傷薬、拙者のガマの油よりは、よほど効くようじゃのう」

「あたりまえですよ、左内さん」

お梅が左内を睨む。

「口上ではなんにでも効くそうですけど、ガマの油、ほんとはなんにも効きませんよ」

苦笑する左内。

「四六のガマの流す脂汗は薬にならんのかのう」

「左内さん、四六のガマなんぞという蛙はそもそもおりません」

玄信がもっともらしく言う。

「そうでござるか」

「ただし、いぼのある大きな蛙は背中から汁を流すことがあり、これを固めたものを蟾酥《せんそ》といい、和漢の生薬です。そうでしょう、お梅さん」

「はい、先生、よくご存じですね。でも、左内さんの膏薬、毒にも薬にもなりませんよ。匂いを嗅いだら、胡麻油《ごまあぶら》にいろいろと混ぜてるみたいね」

「さようか。拙者も自分で商っていて、おそらく効かぬとは思っておったが、ガマならぬ胡麻の油、毒にならぬだけ、ましかもしれぬ」

「お京さん、ほんとにご苦労だったね」

勘兵衛も労いの言葉をかける。

「貴重な話を仕入れてくれて助かるよ。無事でいてくれて、それがなによりわたしはうれしい」

「あら、あたしもうれしいです。大家さんにそんなふうに言ってもらって」

「うん、連中がどういうわけでお殿様のお墨付きを欲しがっているのかも、これでよくわかったよ」

玄信も感心する。

「加羅栗の隠し味に南蛮の酒を用いていたとは、驚きました。なんというんでしたかな、お京さん」

「ええっと、ウェーンだったかしら。子供の泣き声みたいでしょ」

「おお、ウェーン、あるいはウェイン。葡萄をしぼった酒で、たしか、煮詰めるとブランダウエンという強い酒が出来ますのじゃ」

「ほんとですか」

　半次が疑わしそうに玄信の顔を覗く。

「ほんとか嘘か。わたしは蘭語はわかりませんが、以前読んだ『紅毛録《こうもうろく》』という書物に出ておりましたぞ」

「ほう、葡萄の酒を煮詰めてブランダウエン。そんなもの、わが国で口にした人はいないでしょうな」

「どうでしょうか。ウェーンなら、長崎には樽でも瓶でも入ってくるでしょう。唐物屋には異人の杯や酒瓶がいくつも並んでおりますぞ。もちろん、酒瓶の中身は空っぽですが」

「ふーん、葡萄の酒か。うまいんだろうか」

　半次は首を傾げる。

「普通は酒は米から造るのだが、薩摩《さつま》では芋から造る。これがまた、恐ろしく強いそうです。木の実から造る酒もあるし、麦も材料になる。古《いにしえ》から人と酒は切っても切れぬ仲ですかな」

「先生、お酒にも詳しいんですね」

お梅が感心する。

「いや、米の酒より他は飲んだことがないよ」

勘兵衛は腕を組んで思案する。

「百薬の長の酒、わたしも好きですが、過ぎれば命を削る鉋《かんな》となります。岡田屋は南蛮の葡萄の酒が手に入らなくなり、加羅栗が思うように作れなくなったので、今度は南蛮麻の汁を使って夕闇月を売り出すつもりらしい。となると、酒よりよほど厄介だ。食べるとふらっと気持ちがよくなって、病みつきになるわけだ」

作左衛門がうなずく。

「お殿様も一口召し上がって、陶然となられたとのこと。加羅栗で評判をとった岡田屋が新手の菓子を初売り。それだけで行列が出来ましょう」

「ああ、いやですよ」

お梅が恐ろしそうに言う。

「闇煙草は吸いすぎると、癖になってやめられず、体に毒が溜まると岡田屋の若旦那みたいに気が触れて包丁を振り回します。闇でこそ売ってるだけで、まだ、そんなにだれもかれもが吸ってるわけじゃないですが」

「お梅さん、向島の隠居所で生い茂ったのはここ一年ほどですから、それまでは小石川の薬草園で良順が育てて、煙草にしてたんでしょうね。そんなにはまだ広まってないと思いますよ」

「そうね。変な煙草が広まり吸う人が増えて弊害が出ると、お上《かみ》が目をつけて取り締まりが厳しくなるわね」

作左衛門が首を横に振る。

「だが、取り締まる側にいるのが伯碩の息子の北町奉行ですよ」

うなずく勘兵衛。

「そこで煙草と違って大っぴらに売り出す菓子の夕闇月。行列が出来るってことは、江戸中で南蛮麻の菓子をみんなが食べることになります。病みつきになって菓子を奪い合う。食べると癖になり、途切れなく売れ続けるでしょうし、そのうち、菓子を食べすぎて包丁を振り回すのがあっちこっちに出てくるかもしれません」

腕を組む玄信。

「夕闇月、まさに気の病を蔓延させる疫病神ですな。死人が多く出るようなら、死神にもなりましょう。そうならぬよう疫病神のうちに根絶せねばなりますまい」

「材料の南蛮麻はお京さんが聞いてきた話では、小石川薬草園と向島の伯碩の屋敷の庭にしか、まだ育っていないのでしょう」

「今のところ、そうだと思います。安井良順が長崎から持ち帰って薬草園で育て、その株なり種なりを伯碩が庭に植えて栽培したのでしょう。出回れば、増やそうとする輩も出てくるかもしれませんよ」

「岡田屋の台所、覗いてきました」

　徳次郎が言う。

「この前よりは、だいぶ忙しそうでしたよ。それとなく尋ねてみたら、正月用に売り出す菓子をどんどん作って蔵に入れてるそうです。お京さんの話じゃ、隠し味はまだ良順から届かないんで仕込みまではやってないそうですが、いずれ清右衛門がひとりで隠し味を混ぜるんでしょうね」

「岡田屋清右衛門は許せません」

　普段滅多にしゃべらないおとなしい熊吉が眉間にしわを寄せる。

「金儲けのために平気で食べ物に毒を混ぜるなんて」

「熊さんは賄方《まかないかた》だったから、食べ物を粗末にしたり、歪めたりするのが許せないんだね」

「はい、それもあります。実の息子を養生所に押し込めて薬漬けにするのもひどい話です」

「そうだな。小石川養生所も悪事に一役買ってるね。どうだい、みんな」

勘兵衛は一同を見回す。

「お京さんの話、疑いはしないが、ここはひとつ、みんなで裏付けを取ろうじゃないか。その上で、一味を追い詰める工夫をしよう。井筒屋さんにはご家老にお伝えいただき、お殿様のお墨付きの件、解決いたしましょう」

「勘兵衛さん、承知しました。疫病神を退治する工夫、よろしくお願いいたします」

二

「なんと、わしはお人好しであったことか。自分で自分がいやになったぞ」

柳橋の茶屋で上座の松平若狭介が嘆いた。

「真っすぐな正義の士と思っておったが、戸村丹後め、わしを欺きおって」

「殿、そう落胆なさらずともよろしゅうございます。人を信じる素直なお気持ちも上に立つお方には大切でございます。そのためにも、わたくしがお側にお仕えしておりますので」

老獪な江戸家老、田島半太夫の言葉には実感がこもっている。

「世の中にはふたつの顔を持つ者がおるのです。戸村丹後守は表では民を思い不正を憎む剛直で一本気な町奉行、裏では地位を利用し、父親の伯碩とともに江戸中に闇の毒を振りまこうとしております。小石川養生所の医師安井良順は医術と本草に優れ、表では多くの病人を救う名医のごとく慕われておりますが、裏では遊里や賭場で金を遣い、毒を振りまく伯碩の手先でございます。岡田屋清右衛門は菓子屋の主として銘菓加羅栗で財をなしましたが、伯碩親子と手を結び、人々を病みつきにする毒入り菓子を売り出そうとしております」

「あやつらの善人面にまんまと騙されたぞ。揃いも揃って毒を振りまき、病を蔓延させる疫病神どもめ」

「悪人にふたつの顔があるごとく、善人にもふたつの顔がございます」

「なんと申す」

「それに控えます地本問屋の主、井筒屋作左衛門、並びに長屋の大家勘兵衛、この者たちにもふたつの顔がございましょう」

　下座に平伏する作左衛門と勘兵衛。思わず顔を見合わせる。

「おお、そうじゃな」

「作左衛門は本屋の主《あるじ》でありながら、元はわが藩の隠密で、わたくしどもと隠密とをつなぐ要。隠密長屋の地主でございます」

　深々と低頭する作左衛門。

「勘兵衛は横町の絵草子屋の主であり裏長屋の大家でありながら、元わが藩の勘定方で、隠密たちの頭目」

　勘兵衛も頭を下げる。

「ふたりして、ともにふたつの顔を使い分けておりますぞ」

「うむ」

「さらに申せば、殿ご自身にもふたつのお顔が」

「なに、わしにふたつの顔じゃと」

「はい、表ではお城の御用部屋で他のご老中方とぶつからず、人当たりがよく型どおり、淡々と政務をこなし、裏では隠密を使って世直しの悪人退治、まさにふたつのお顔ではございませぬか」

「半太夫、そのほう、うまいこと言いおる」

「ありがとう存じます」

「勘兵衛」

「ははっ」

「岡田屋が正月に売り出す菓子、夕闇月に甘い毒が仕込まれるのじゃな」

「さようでございます。良順が長崎より持ち帰りました南蛮麻には人から正気を奪う効能があり、闇で煙草として出回りましたが、そろそろ潮時。そこで売れ行きの落ちた加羅栗に代わって、夕闇月を作り、これに南蛮麻から抽出した汁を仕込む魂胆でございます」

「うむ。先日、御用部屋で戸村丹後が配った加羅栗、わしは屋敷に持ち帰って奥や若とともに食したが、大層美味であった。あれは毒にならんのか」

「はい、あの菓子に隠し味として混入しておりますのは、南蛮の葡萄の酒でございます」

「葡萄の酒とはのう。ご禁制であろう」

半太夫が横から答える。

「南蛮の酒、抜け荷ならばお咎めは必定。ですが、オランダ商人が出島に持ち込み、長崎会所で公に扱うておりまする。数に限りがあり、大変高値ではございますが、金さえ惜しまねば、手に入りましょう。伯碩は以前、長崎奉行でしたので顔が利くと思われます」

「京仕立ての上菓子に南蛮の酒とは、まさか、思いもよらぬ。幼子が食べても大事ないのか」

勘兵衛が言う。

「ごく少量でございますので。しかし、次に売り出します夕闇月、江戸中に出回れば、幼子はもとより、老若男女ことごとく危のうございます」

「先日、あの者どもに勧められ、一口食べたが、強い酒に酔うたようにふらついた。まるで桃源郷のごとき境地。なかなかの味ゆえ、称揚の書付を望まれて承諾するとは、わしも侮られたものじゃわい。勘兵衛」

「はっ」

「仕置の手立て、いかがいたす」

「殿が侮られたまま、あやつらの悪巧みに気がつかぬと思わせるのが第一の手立てでありましょう。岡田屋清右衛門は殿のお墨付きを首を長くして待っておりますぞ」

若狭介は苦笑する。

「ふふ、ならば、見くびられたままでよいぞ」

「殿が食された夕闇月は試しに作られたもので、岡田屋の蔵に今蓄えられております夕闇月にはまだ南蛮麻の液は仕込まれておりません。小石川養生所で良順が大量の汁をひとりで抽出しております」

「良順め、やりおるのう」

「さらに博徒を通じて江戸に広まっております闇煙草、これも良順ひとりが小石川の薬草園で加工しております」

「おお、それもひとりでか」

「秘密が他に漏れぬようにでございましょう」

「だが、漏れたのじゃな」

「わたくしの長屋には手練れの隠密が店子でおりますので、力を合わせれば、悪党どもに隠し事はできませぬ」

「頼もしいぞ」

「悪党一味を追い詰める手立て、またお殿様、ご家老様、井筒屋さん、みなさまのお力をお借りすることになりますが」

「南蛮麻の煙草、町方はまだ取り締まっておらぬようじゃが」

「町方の手先がひとり、命を落としましたが、同心、与力、奉行、町方はなんの動きもございませぬ」

「北町奉行は南蛮麻の元締めのせがれ、ならば、南の磯部大和守殿にわしからそっと耳打ちいたそうかの。あの御仁、能吏とまではいかぬが、不正とも無縁、津ノ国屋の百万両の折には、ちと世話になったのでな」

「おお、殿、それがよろしゅうございますが、目立たぬようになさいませ」

「わかっておるわ、半太夫。よしっ、勘兵衛。次の指令、江戸の疫病神一味を根絶せよ。抜かるでないぞ」

「ははあ、お任せくださいませ」

三

「みんな、揃ったね」

「へい」

亀屋の二階で店子全員が顔を合わせているが、酒や肴の膳はなく、湯呑茶碗と薄く切った羊羹の小皿の盆があるだけだ。

「なんの用意もなくて、すまないね。伏見の酒も前回で全部きれいになくなって、久助が買ってきてくれた岡田屋の羊羹があるだけだ」

「わあ、岡田屋の羊羹ですか。隠し味に変なもんは入ってないでしょうね」

「大丈夫だよ、半さん、さっき、わたしが味見したから」

「いただきます。こいつあ、うめえや。岡田屋もなあ、変な菓子作って当てようとしねえで、昔からの羊羹でようかんたんだ」

「それをいうなら、半ちゃん、よかったんだだろ」

受けない酒落《しゃれ》を言う半次を徳次郎が茶化す。

「みんな、いよいよ、お殿様からのお指図で、働いてもらうよ」

「ありがてえ。それじゃ、お殿様はお墨付き、与えなかったんですね」

「うん、だけど、それはこっちのことで、岡田屋は知らずに大晦日まで待っているだろうな。お殿様が喜んでお墨付きを書かれることにしておけば、向こうは安心して、こっちの仕掛けに引っ掛かるじゃないか」

「違いありません」

徳次郎がうなずく。

「それがなによりです」

「なにしろ、日にちがない。今年の大晦日は三十日で、翌日が元日だ。いろいろと年内にきれいに片付けなければならない。さあ、どうするかなあ」

「大家さん、どうするかなあって、まだ決めてないんですか」

お梅は心配顔だ。

「まあ、なんだね。おおまかには、やることはいくつかある。まずひとつは、岡田屋が新春に企んでいる夕闇月の初売りをできなくすることだ」

徳次郎が言う。

「蔵にはもちもちした丸い小さな外皮だけがどっさりあるそうです。これに病みつきになる南蛮麻の毒入り餡が仕込まれれば、あっという間に出来上がりです」

「蔵を火薬で吹き飛ばせば、一発ですけどね」

二平がぼそっと言う。

「わあ、二平さん、おとなしい顔して、とんでもないことを言うね。そりゃ、わたしも少しは頭をよぎったよ。でも、下谷広小路は町の真ん中だ。そんなところで火薬が爆発したら、一面の大火事。大火事にならなくても、年末に多くの人が困ることになる」

「はい、そうなりますね」

真顔でうなずく二平である。

「弥太さんに忍び込んで探ってもらったが、まだ、隠し味の素は岡田屋に届いていない」

「どこにあるんです」

「小石川養生所で今、安井良順が作っているところだ。南蛮麻の葉からとれる汁はほんのわずか、恐ろしく手間がかかるようだ。そこで、半さん、ひとつ考えた手なんだが」

勘兵衛がじっと半次を見る。

「え、あっしがなにか」

「うん、これはおまえさんにしかできないだろうね」

「はあ」

「それとは別に、今、薬草園にある南蛮麻と向島の伯碩の屋敷の庭に生い茂っている南蛮麻、どちらもきれいさっぱり処分したい。人の正気を失わせる葉っぱ、そんなものがあるから、世の中どんどん汚くなる」

「あの、大家さん」

「なんだい、お梅さん」

「南蛮麻は恐ろしい毒だと、あたしも思います。でも、芥子に似て、病人や怪我人の苦しみをやわらげる効能があるなら、少しは残してもいいのではないかしら。良順という医者が長崎から持ち帰って薬草園で育てたのは、悪用が大きな目的だったでしょうが、医者ならば、いい面にも少しは気づいていたと思います」

「医は仁術《じんじゅつ》というからね。だけど、世の中、立派な医者ばかりじゃない。たしかに薬としての効能はあるかもしれないが、わたしはすべて消し去ろうと思う」

「わかりました」

素直にうなずくお梅。

「南蛮麻は南蛮や唐土に行けば、手に入らない草じゃありませんもの。江戸から全部消えても、別段、だれも困りません」

「それと、ついでになるが、闇煙草の一件、うまく絡めて潰せないだろうか」

「あ、大家さん」

お京が言う。

「それについては、池之端の竹造と道楽息子たち、なんとかしたいんですが」

「ちょっと考えてみようか。文七殺しにかかわりあるかもしれないからね」

「お願いします」

「あと、一番厄介な大物は伯碩よりも町奉行だ。表向きは非の打ちどころがなく、どうやって尻尾をつかんだらいいか」

「弱みとすれば、父親でしょうかねえ」


師走の二十五日、小石川養生所でも世間並みに朝から餅つきが行われた。いよいよ一年も終わりに近づいたのだ。

医者、女中、下男、養生中の病人や怪我人のうち、動ける者たち、みんなで餅を食べ、早々に片付け終えて、夕暮れにはそれぞれの居室に引っ込んだ。

門番小屋に訪れた男が岡田屋の番頭義助と名乗った。

「お世話になっている若旦那に差し入れです。それと安井先生にお話をうかがってくるように主の清右衛門から頼まれておりまして」

義助は大男の下男とともに、一番奥の清太郎の病室と、隣接した安井良順の部屋に案内された。

「安井先生、ごぶさたしております」

「どなたでしたっけ」

「岡田屋の番頭、義助でございます」

「ああ、そうでしたな」

「夜分、急に押しかけまして、申し訳なく存じます。旦那様から、待ちきれないから、おまえ、受け取りに行ってくれと言われましてね」

「うーんと、今日は二十五日だ。世間では餅つきは二十六日が多いけど、ここは一日早い二十五日なんだよ」

「はい」

「大事な秘伝の素、だれにも触らせられないので、明日、二十六日にわたしが直《じか》にお店に届ける約束だったんだが」

「そうでございましょうが、旦那様はもう居ても立ってもいられない様子、このままじゃ新年初売りに間に合わない。全部でなくても、あるだけでも貰ってこいと、こうなんですよ。出来てませんか、まだ全部は」

「いや、明日に持っていく分はもう出来ている。養生所は年末、朝から晩まで大忙しでね。やることが山ほどあって、それで、明日でいいだろうと思って、用意してあるんだ」

「ああ、よかった。これでわたくしもほっといたしました。せっかくここまで来て、手ぶらで帰ったんじゃ、子供の使いじゃあるまいし、どんなに叱られることか。ものはどちらです」

「そこにある」

部屋の隅にありふれた一升徳利が二本、栓がして置いてある。

「あれでございますか」

「うん、全部で二升だよ」

「へ、二升ねえ」

「一升徳利に二升は入らぬなんていうが、これだけ集めるのにどれほどの手間か。正月分の隠し味には間に合うだろう」

「わたくしども、奉公人には一切知らされず、いつも仕込みは旦那様ひとりでなさいますから」

「清右衛門さんなら、心得ていなさる。隠し味はほんの一滴だよ。けっこう重いから、わたしも手伝っていっしょに持っていこうか」

「いえいえ、お忙しい先生にそんな迷惑はかけられません。ご覧の通り、力持ちの下男がいっしょですから」

大男がぺこりと頭を下げる。

「なら、大丈夫だね。言っておくけど、決して、栓を抜いて顔を近づけちゃいけないよ。相当に濃い液だ。匂いを嗅いだだけで気を失うから」

「え、和漢の生薬をいろいろと調合したものとうかがっております が」

「もちろん、そうなんだけど、秘伝の薬草の中には効能のきついものもあるんでね」

「承知しました」

「あ、これを使うように、清右衛門さんに伝えてくれないか」

良順は小さな木箱に入ったギヤマンの筒状の器具を渡す。

「なんですか」

「スピュート。清右衛門さんに頼まれていたんだ。使い方はご存じだよ。それで汁を吸い取って、一滴ずつ落とすことができる。一滴で効き目は充分だ」

「ほう、やはり、オランダの道具ですか」

「そんなところだ」

「ありがとうございます」

義助は恭《うやうや》しくスピュートの木箱を受け取り、懐《ふところ》に入れる。

「もう行くかい」

「はい、旦那様が首を長くして待ってるもんですから」

「うん、隣に若旦那がいるから、顔だけでも見せていきなさい」

「はあ」

「ここに入ってから、随分と調子がよくなってね」

「さようですか」

「顔だけでも見せれば喜ぶと思うよ。清右衛門さんは暴れるようなら、薬漬けにしてくれなんて言ってたけど、落ち着いてるよ。さ、いっしょに行こう」

義助は良順に案内されて、隣の部屋を覗く。

牢獄のような格子のはまった暗い一室に清太郎がじっとしゃがんでいた。

「おい、清太郎、番頭さんが来たよ」

清太郎は義助をちらっと見る。

「おまえ、だれだ」

「番頭の義助でございますよ。若旦那」

「おまえなんか、知るもんか」

そっぽを向く清太郎。

良順は肩を落とす。

「少しはよくなってるんだがね。まだ、だめなところもあるよ」

「ありがとうございます」

一升徳利二本を軽々と持ち上げた大男の下男を伴い義助は養生所を去る。

翌朝、下谷広小路の岡田屋の開店と同時に安井良順が店を覗く。

「ごめん」

若い手代が頭を下げる。

「いらっしゃいませ。なにを差し上げましょう」

「いや、買い物ではない。ご主人と約束してある。小石川養生所の安井良順と申す」

「ああ、若旦那がお世話になっております。今、主人に伝えます。どうぞ、そちらでお待ちを」

大男を従えた安井良順はうなずく。

しばらくして、奥から岡田屋清右衛門が姿を現す。

「おお、お待ちしておりました。良順先生」

清右衛門は良順の後ろに控える大男が一升徳利を二本持っているのを見て、にやりとうなずく。

「さ、どうぞ、こちらからお廻りくださいませ」

「おじゃましますよ」

良順と大男は清右衛門に導かれて、店の脇から奥へと進み、蔵の横にある離れに案内される。

「ありがとう存じます。お約束通り、お持ちくださいましたな」

「重いので、養生所の下男、熊太郎《くまたろう》に持たせました。この者は少々知恵が遅れておりまして、極秘の隠し味、運ぶのには打ってつけでしてね」

「助かります。なにしろ、今日を入れて年末は五日しかございません。今日はこれから餅つきでして、うちは和菓子屋なので、わざわざ餅つきなどしなくてもいいのですが、先代からの習わしで、毎年やっております」

「ほう」

「餅つきは番頭に任せまして、隠し味の仕込みはわたしひとりでやるしかありませせん」

「そうそう、忘れないうちに、これをお渡しいたしましょう」

良順は木箱のスピュートを懐から取り出し、手渡す。

「おお、スピュート。助かります」

清右衛門は押しいただく。

「隠し味はあまり入れすぎないように、かなり濃いですからな」

「わかっております。二升あれば、半月は持つでしょう。また、なくなる頃に次の徳利、お願いいたしますよ」

「わたしもひとりでやっているので、けっこう手間がかかります」

「お礼はまた、たっぷりといたしますので、伝通院裏でお楽しみください」

「それはありがたいです。あとはご老中のお墨付きだけですね」

「ふふ、大晦日までとのお約束、そっちも楽しみです」

「では今日のところは、これで失礼をいたします」

「お茶も出しませず、申し訳ないですな。これは些少ですが」

清右衛門は紙に包んだ金をそっと手渡す。

「かたじけない。では」

良順は大男とともに岡田屋を去り、日本橋田所町の亀屋を訪れ、二階座敷に入る。

「みなさん、お揃いですな。お待たせいたした」

後ろからぬっと続いたのは大男の熊吉であった。

「どうも」

勘兵衛は感心する。

「ふたりとも、ご苦労さんだったね。さ、お座り。熊さん、慣れない下男役、疲れたんじゃないかい」

「いいえ、ほとんどしゃべりませんでしたから、立ってるだけで楽でした」

「徳利二升をあっちからこっち、重かっただろう」

「いいえ、軽いもんです」

「そうかい。半さん、おまえさん、どっからどう見ても安井良順だね。驚くばかりだ。知らなければ、わたしだって騙されるだろう」

「へっへ、苦労したのはこの頭です。良順は医者で、総髪なんですよ。坊主頭でなかっただけよかったけど。ちょいとお京さんに工夫してもらいましてね」

お京が笑う。

「月代《さかやき》を隠す付け毛があるんです。だけど、半ちゃん、歩き方からしゃべり方までまったくお医者。顔なんて、どうやって良順に似せたの」

「昨日は岡田屋の番頭の義助に化けて、小石川養生所に行ったでしょ。しばらく良順といろいろしゃべりながら、癖をつかみました。顔は一度見ると頭に焼き付くんで、あとで鏡見ながら化粧で誤魔化します。背丈は真似できませんが、声色をそっくりに出そうとすると、顔もけっこう似せられるんですよ。口の形かなあ」

「すごいですよ、半次さん」

熊吉が言う。

「あたしは本物の良順を見てるんで、今朝、半次さんを見て、ほんとに良順かと思ってびっくりしましたもの」

「ありがとう、熊さん。だけど、岡田屋の番頭の義助、これがちょっと難役でしたね。遠くから見ただけだったから。でも、考えたら良順もそれほど店には行っておらず、会うのはたいてい清右衛門ぐらいなんで、誤魔化せました。誤魔化せなかったのはせがれの清太郎でね。養生所の奥の格子のはまった座敷牢に入ってて、相当に快復はしている様子でした。若旦那、義助ですよって言っても、だれだ、おまえなんか知らない、と言われちゃったなあ」

勘兵衛は床の間の一升徳利二本を示す。

「半さん、おまえさんのおかげで手に入ったこれで、また仕掛けができるよ」

お梅がうなずく。

「ほんとによかったですよ。ありふれたどこにでもある徳利で。これが手の込んだ陶磁器の名品だったら、入れ替えるのが大変だったもの」

「お梅さん、あたしが今朝、岡田屋に持ってった徳利、養生所のとそっくりだったけど、中身はなんでしたっけ」

「お酢よ、お酢」

「ああ、そうでした。すっぱいやつね。栓を取ったら臭いんじゃないの」

「塩水と混ぜたから、そうは臭わないわよ」

「今頃、清右衛門はスピュート使って、夕闇月の餡この中にぽとぽと垂らしてるんだろうか。ひょっとして気づかないかな。食べるとわかっちゃうよ」

「自分じゃ絶対に食べないわよ。恐ろしい毒だと知ってるもの」

「心配はいらないよ」

にやりとする勘兵衛。

「匂いを嗅いだだけで気を失うほどの濃い液と言ってあるんだろ。注意するだろう。また、なにかの拍子に南蛮麻と違うことに気がついたら、夕闇月を売るのをやめるだけで、それはそれで、大丈夫だ」

徳次郎が首を傾げる。

「だけど、どうなんでしょうね。あれを初売りに出したら。夕闇月の中身に酢と塩の混じったものが隠し味で入っていたら」

「大丈夫だって、徳さん」

半次が請け合う。

「別にどうってことない。たった一滴だから、酸っぱくもしょっぱくもないんじゃないか。たいして、うまくもないでしょうけど。はやく病みつきにしたいと欲をかいて、二滴、三滴、多く入れたところで、ばれるかもしれないが、毒でもなんでもない酢と塩水なら、だれも患ったりしないし」

「半さんの言う通りだ。では、次の狂言といこうか。お京さんがおびき出した竹造と若旦那たちの一幕。さてどうなるかな。半さんにはそのまま、もう一芝居、小石川で良順を続けてもらうよ」

「このまま良順でございますかな」

「ふふ、似合ってるよ、半ちゃん。大工はやめて、藪《やぶ》医者になったら」

茶化す徳次郎。

「てやんでえ。藪はよけいだい」

池之端にある茶屋に若い男が五人、集まってちびちびと酒を飲んでいる。遊び人の竹造と、仲間の道楽息子が四人。いずれも十七から十九ぐらい。みなそこそこの大店の息子たちで、跡取りもいれば、次男三男もいる。歳末で店の忙しいときでも、家業も手伝わずに帳場からくすねた小遣い銭でぶらぶらと遊んでいるのだ。

「竹ちゃん、ほんとに来るのかい。あの女」

「来るよう。どうやら俺にホの字らしいや」

「ちぇっ、ほんとかなあ。おまえ、まだ、なんにもしてないんだろ」

「そこがいいんだよ。甘い言葉だけでうんとじらすと、向こうがたまらなくなって、思し召し。それがもてるコツだぜ。おめえたちみたいにがつがつしてたんじゃ、女にもてねえよ」

「いいよ、別にもてなくても。やれさえすりゃ、いいのさ」

「ふふ、やれるよ。今日はたっぷり」

竹造が請け合うと、みんな相好を崩す。

「ほんとかい。俺、いつもみたいに泣き叫ぶ生娘より、別嬪の年増がいいから、うれしいよ」

「俺もそうだよ。ありゃあ吉原の女よりもいいんじゃないかなあ」

「竹ちゃん、どうやって、あの女、ここへ来ることになったんだい」

「最初は俺が声かけて、ここでみんなで煙草吸ったろ。それで、俺のことが忘れられなくて今度は向こうから声かけてきたんだ。またあの煙草をみんなで吸いたいっていうんだよ。みんなでだぜ。だから、雁首《がんくび》揃えたんじゃないか。今日は酒を飲ませて、煙草を吸わせたら、いちころだと思うぜ」

「だけど、煙草、駒形じゃ品薄になって、値が上がったんだろ」

「うん、そうなんだ。いやなご時世だよ。なんでもかんでも値が上がって。おめえたちからも、もう少しはずんでもらうぜ。どうせ、親からくすねた銭だろう」

唐紙の向こうで声がする。

「竹ちゃん、お待たせ」

男たちがそわそわしながら、顔を見合わせる。

「来た、来た」

「お入り、お京さん」

すっと唐紙が開いて、艶やかなお京が手をついてにっこり。

「みんな、お揃いね」

「待ってたぜ、お京さん」

「うれしいわ、竹ちゃん」

お京は入り、座敷を見回す。

「常陸屋《ひたちや》の伝《でん》さん、讃岐屋《さぬきや》の富《とみ》さん、宝屋《たからや》の芳《よし》さん、肥後屋《ひごや》の与太《よた》さん、また会えてうれしいわあ」

男たちは顔を見合わす。

「驚いたな。ねえさん、よく俺たちの名前、憶えてくれてたね」

「あたし、気に入った人の顔と名前は忘れないのよ」

「さあ、お京さん、こっちへ。一杯やろう」

竹造が徳利を振る。

「あら、お酒なの。あたし、あの南蛮の煙草が欲しいわ。身も心もふうっと、とろけそうになるんですもの」

「いいとも。たっぷり吸って、とろければいいよ」

「ほんと、うれしい。あのね、竹ちゃん。実はもうひとり、連れがいるの。あたしが南蛮煙草の話をしたら、いっしょに吸いたいんだって。あたし、ひとりでみんなの相手をするのも大変でしょ。それで、声かけたんだけど、いいかしら」

男たち、顔を見合わせて、うなずき合う。

「別嬪がふたりなら、文句なしだ。いいよ、お京さん。そこに来てんのかい」

「今、声かけるわ。おまえさん、どうぞ」

ぬっと入ってきたのは橘左内であった。

驚く男たち。

「だ、だれでえ、てめえは」

竹造が左内を睨む。

「まだ、わからないの。鈍いわねえ。あたしのいい人」

お京が左内にべったりと寄り添う。

「貴様ら、拙者の連れ合いが世話になったそうじゃな。礼を言うぞ」

「つ、連れ合い。別に、世話なんぞ、してねえや」

「さようか。いっしょに南蛮煙草とやらを嗜《たしな》んで、心地よく楽しんだとか」

臆病そうな若旦那が首を横に振る。

「煙草はみんなで吸いましたが、ねえさんには指一本触れてやしませんぜ」

「ほんとか、お京」

「さあ、あたし、煙草を吸ったら、ふらっと気持ちよくなって、なにされたかなんて、なんにも憶えていないの。憶えているのは、この人たちひとりひとりの顔と名前と店の屋号だけ。さっきの間違ってなかったでしょ」

竹造がとっさに匕首《あいくち》を抜いて左内に突きかかる。一瞬早く、左内の剣が抜かれたかと思うと、びゅっと音をたてて竹造の頭の髷《まげ》が飛ぶ。

「わっ」

あわてて頭を押さえるざんばら髪の竹造。

「貴様、そんな匕首を振り回して、危ないではないか」

ぐるっと見回す左内。

「今度馬鹿な真似をしたら、首が飛ぶぞ」

恐怖に震える若旦那たち。

「お京が貴様らに世話になったことを蒸し返す気はない。実はのう、煙草の話から、少し尋ねたいことがあるのだが」

「なんでしょうか、旦那」

頭を押さえながら、竹造が下手《したて》に出る。

「拙者、このあたりを縄張りにしておった天神下の文七と心安かったのじゃ」

「へっ」

「文七は男坂から突き落とされて死ぬ前に、南蛮煙草のことで貴様らを調べておった。殺したのは貴様らであろう。嘘や言い訳は聞かぬ。正直に申さぬと、ほんとに首が飛ぶぞ」

「親分をやったのは、あっしらじゃありませんぜ」

「ほう、貴様、なにか知っておるのか。竹造と申したの」

「へい」

竹造はざんばら髪をまとめながら言う。

「文七親分はたしかに南蛮煙草に目をつけてました。あっしはあの日、痘痕の三五郎って野郎に湯島天神に呼び出されまして」

「痘痕の三五郎とな」

「へい、駒形の賭場の三下《さんした》で、けちな野郎です。ひとりで会うのは危ないと思いやして、こいつらみんなに声かけたんですよ。そうだよな」

うなずく四人。

「で、坂を上がった鳥居のあたりで、三五郎が文七親分といて、あっしに声をかけました。すると、親分がこっちを向いて、おまえのことは調べがついてるぞ。そう言ったとたん、三五郎が親分の隙を見て突き落としたんですよ」

「なに、文七を殺《あや》めたのは三五郎というのか」

「嘘偽りじゃござんせん。こいつらも物陰から見てましたから。そうだよな」

四人はまたうなずく。

「拙者、文七には少々借りがあっての。仇を取ってやりたいと思うておったのじゃ。

貴様らがやったのなら、ひとり残らず、首を討ちとろうと」

「旦那、違うんですよ。あっしらじゃありません。痘痕の野郎が親分を突き落としやがったんで」

「その三五郎とやらはどうした。駒形におるのか」

「いいえ」

竹造は男たちを見て、うなずく。

「しょうがねえ。この話が駒形に知れたら、あっしの命が危ねえが、言わなきゃ、旦那が恐ろしいや。だから、申しやす」

「申せ」

「親分を突き落とした三五郎がにやにやしながら、近づいてきたんで、こいつはやられると思って、こっちが先に匕首でぐさっと」

「貴様が三五郎を」

「はい」

「死骸はどうした」

「夜中でだれもいなかったんで、こいつらといっしょに神田川まで運んで投げ込みました。そこから大川まで流れて、海まで行ったんじゃないですか。この時節、土左衛《どざえ》門《もん》はそうは見つかりませんから」

「すると、竹造。貴様は文七の仇を討ってくれたわけじゃな。礼を言うぞ」

「はあ」

竹造はざんばら髪をかきあげる。

「それはそれとして、拙者、南蛮煙草のことで、貴様らに頼みがあるのじゃ」

「どのような」

「貴様らに一仕事頼みたい」

若旦那のひとりが、さらに問う。

「ですから、どのような」

左内の剣が風を切り、その若旦那の髷が飛ぶ。

「うわああ」

「貴様たちには今から一仕事を手伝ってもらう。いやだというやつは首が飛ぶ。おい、竹造、貴様は植木職人のせがれであったな」

「へい」

「なら、都合がいい。これからみんなで山へ芝刈りと参ろうではないか」

五人の若者を引き連れた橘左内とお京が小石川養生所の門番小屋を訪ねる。

「拙者、安井良順殿に頼まれた者だが」

番人はうなずく。

「はい、良順先生から聞いております。しばしお待ちくだされませ」

良順が顔を出し、挨拶する。

「ようこそ、お越しくだされた」

「男、五人、用意いたした。足りるであろうか」

「大丈夫です。では、みなさん、こちらへ」

良順はみなを物置小屋まで連れていき、背負い籠《かご》と鎌《かま》を手渡す。

「よく切れる鎌じゃが、貴様ら、変な気を起こすでないぞ。拙者が目を光らせておる。良順殿に従え。さもなくば、首が飛ぶ」

「へい」

竹造と若旦那たちは籠を背負い、鎌を手に、良順に従い、薬草園の中の一か所に集められた。

「畝《うね》はここ一本だけです。楽なもんですよ。全部きれいに刈り取ってもらいましょう」

「わかり申した。みな、よいか。ひと畝だけじゃ。残らず収穫いたせ」

「根もきれいに抜いてくだされ。頼みましたぞ」

良順は一礼して養生所に戻る。

「貴様ら、わかるか。この葉が煙草の材料、南蛮麻じゃ」

「へええ、初めて見ました」

「さ、明るいうちに終わらせるのじゃ。貴様らにもあとで分けてやろうぞ」

「ありがてえ」

「それぞれ、やりよいやり方でやってよいぞ。ただし、逃げようとすれば、首が飛ぶ」

## 四

向島の瀟洒な屋敷の門前に供侍を従えた簡素な乗物が到着し、中から老中松平若狭介がすっと降り立った。

門が開かれ、用人が恭しく頭を下げる。

乗物を担いでいたふたりの中間、脇のふたりの供侍は玄関先に控え、若狭介は邸内に案内される。

「若狭介様、お待ち申し上げておりました。小石川のお屋敷から、向島の里、遠路はるばる、遠いところをお越しくだされ、お疲れでございましょう。狭い屋敷でお恥ずかしゅうございます」

座敷の入口で戸村伯碩が平伏して、挨拶を述べる。

「伯碩殿、お招き、かたじけのうござる」

「ささ、どうぞ、こちらへ」

若狭介は上座に座し、開け放たれた庭を眺める。

「おお、よき庭でござるな。それがし、文人墨客の間で評判の向島の伯碩屋敷、年内にぜひとも拝見いたしたく、急に無理を申し、相すまぬことでござる」

「いえいえ、年末で奉公人には暇を取らせ、用人がひとりのみ。なんのお構いもできませず。それよりも、せがれをお引き立てくださり、まことにありがたく存じ上げます」

「ご子息、丹後守殿、それがしと歳は変わりませぬ。これからの政《まつりごと》、ともに民のため、力を合わせたいと思うておりますぞ」

「ふつつかなせがれ、どうぞよろしゅうお願い申し上げます」

若狭介は室内を見回す。

「それにしても、風流でござるな。以前は京の町奉行をなされて風雅を身につけられ、長崎奉行をなされて異国情緒を学ばれ、まさに文人墨客の鑑《かがみ》、それがし、あやかりとうござる」

「なにを仰せられるやら。年寄りの隠居暮らしに過ぎませぬ。田圃に囲まれ鄙《ひな》びたあたり、とても江戸とは思えず、ときおり下肥《しもごえ》の臭いさえ漂いまする」

「それもまた、一興でござる。おお、そうじゃ」

若狭介は装飾のあるギヤマンの小瓶を差し出す。

「ほんの手土産《てみやげ》でござるが」

「おお、なんでござりましょう」

「異国の酒、たしか、ブランダウエンと申すもの」

伯碩は大きくうなずく。

「はい、存じております。ウェーンを煮詰めた強い酒でございましょう」

「ご存じでしたか。さすが、元長崎奉行をなされたお方。どうですかな、今ここで。それがしもごいっしょしたい」

「おおよろしゅうございますとも」

伯碩は戸棚からギヤマンの杯をふたつ取り出し、銀の盆にのせて、若狭介の前に置く。

「これは、ご用意のよろしいことで」

「わたくし、いつもは長崎会所より取り寄せたウェーンを嗜んでおります。若狭介様はそのブランダウエンをいずれでお求めでございましょう」

「ふふ、つい先頃、さる高貴なお方より拝領いたしました。新年の祝いにでも開けようかと思うておりましたが、文人の鑑、伯碩殿を訪ねるのにこれほどふさわしい手土産はないと存じ、持参いたしました」

若狭介は小瓶の蓋を開ける。

「さあ、どうぞ、お受けなされよ」

「ははあ、ありがたき幸せに存じまする」

伯碩の杯に酒がなみなみと注がれる。

「若狭介様もどうぞ」

「かたじけない」

「異人は酒席で杯をかちりと合わせまする」

ふたりは杯を合わせ、伯碩は一気に飲み干す。

「おお、伯碩殿。お見事。すばらしき飲みっぷりでござる。さ、もう一献」

若狭介が注ぐ酒を伯碩はまた飲み干す。

「いかがでござろうか。南蛮の酒の味」

「このような美酒、初めて口にいたしました」

「さあ、もう一献」

「なにやら、夢の中にいるような気がいたします」

「桃源郷でござろう」

そのとき、庭の一部、青々とした葉の茂る畝に炎があがる。

「伯碩殿、ご覧なされよ。冬の寒さの中でお庭が真夏のごとく赤く熱く燃えてござるぞ」

「おお、まことに、美しゅうございます」

伯碩は目を剥いて口から涎《よだれ》を垂れ流す。

「殿」

座敷の入口に供侍の扮装の勘兵衛が平伏する。

「勘兵衛、見よ」

苦し気にのたうちまわる伯碩。

「毒をもって毒を制すとは、まさにこのことじゃな」

「さようにございますな」

「このような恐ろしいものを江戸中に撒き散らす疫病神の頭目、これで始末がついたかの」

「絶命はいたしませぬ。連れ帰るといたしましょう」

「生かしておいたほうがよかろうな。わしも殺生はきらいじゃ」

「庭の南蛮麻は二平がすべて焼き尽くしました」

「炭団小僧、やりおるな。この屋敷の奉公人は年末で用人ひとりとのことじゃが」

「はい、下男下女は既に宿下がり、番町の本邸からついております用人だけなので、さきほどより眠らせております。お梅の眠り薬は前後のこと、すべて忘れ去りますので」

「重宝じゃのう」

「ただ眠って忘れるだけ。南蛮麻のように、夢見心地の桃源郷にはなりませぬが」

慌ただしい年末であった。

この年、節分は大晦日の二日前で、「鬼は外、福は内」の掛け声で豆が撒かれた。

「鬼だぞっ。本物の鬼が出たぞっ」

朝から騒がしい声がして、人々が出てみると、数寄屋橋御門《すきやばしごもん》に七匹の鬼が縛られていた。鬼たちはみな裸で下帯ひとつ。頭に角が生えている。五匹の鬼は若いが、一匹は三十そこそこ、もう一匹は初老で、みな口から涎を垂れ流し、朦朧状態であった。

高札が立てられ、江戸に病をもたらす疫病神を捕縛したと書かれてある。鬼の脇には五つの籠が置かれ、中には刈り取られた草木が詰まっていた。籠には浅草善宋寺と大書された札が貼られている。

「こいつら、本物の疫病神だぜ。鬼は外っ」

だれかが鬼に豆ではなく石を投げつけた。それを真似て「鬼は外」と大声を発し、石を投げる者が増え、鬼たちは顔や体から血を流す。それでも陶然としたまま、なにも言わずに口をぽかんと開けたままだ。

「下がれ、みなのもの、下がれ」

数寄屋橋御門内の南町奉行所から役人が飛び出して、物見高い見物人たちを追い払い、鬼たちと籠をすべて奉行所内に入れ、門を閉めた。

鬼とともにあった籠の中身は南町奉行所で密かに捜索中の闇煙草の原料の南蛮麻であると判明し、鬼の扮装をした五人はすぐに身元がわかった。遊び人の竹造が闇の煙草で悪事を働き、大店の道楽息子四人も同類として、年末の詮議は年明けまで先送りとなり、みなとりあえず伝馬町《てんまちょう》の牢送りとなった。

三十過ぎの鬼は口をつぐんでいたが、手荒く責めると、小石川養生所の医師、安井良順であると白状した。それ以上のことはなにも言わず、これも詮議が先送りとなり伝馬町行きとなった。

初老の鬼については、身元がわからず、悪事とのかかわりもはっきりせず、無宿の病人として小石川養生所に送られた。

南蛮麻の入った籠には善宋寺の張り紙があり、至急、寺社奉行と連携し調べると、賭場と闇煙草の売買が発覚、目をつけられていた駒形の猪之吉は詮議を省き、ただちに入牢。善宋寺の住職は寒空に江戸追放となった。

向島の伯碩屋敷での火事は庭を焼いただけの小火《ぼや》で、建物は無傷、周囲に民家もほとんどなく大事には至らなかったが、主人の戸村伯碩の行方はわからず、用人は番町の本邸で丹後守より尋問されたが、その日のことはなにも憶えていなかった。

大晦日、南蛮麻の焼け跡に立ち、戸村丹後守は無念を嚙み締めた。

父はいったいどこへ消えたのだろうか。新年からは北町奉行所が月番となる。南が押収した南蛮麻の一件は、北でなんとかできるかもしれん。

が、この先、岡田屋は金蔓《かねづる》にはなるまい。籠の中身はおそらく小石川養生所で刈り取られたものであろう。ここ向島の南蛮麻もすべて灰になった。

いったいなにが起こったのか。なにものかが仕組んだのか。目付時代に陥れた政敵の仕業《しわざ》であろうか。あるいは長崎奉行時代の父を恨む者か。

火事のあった日、用人はほとんどなにも憶えていなかったが、ただひとつ、供侍を従えた簡素な乗物が乗り付けたと。まさかとは思うが、供を従えた乗物なら簡素であっても高位の武士、大名か大身の旗本であろう。その者が庭に火をつけ、父を連れ去ったのか。

庭で南蛮煙草を育て始めて、父は文人墨客ともあまり付き合わなくなった。訪ねる者もそうはいない。そもそも大名や大身の知り合いなどあるわけがない。

はて、父が一番に気に入っていたあの男。まさか、自分をだれよりも買ってくれて、優遇してくれたあの男。型破りで一本気、質素倹約を重んじ民を大切にする名君ならば乗物も簡素であろう。

先日、柳橋で会ったときにあの男は言ったのだ。

政は民のためにならねばならぬ。陰徳こそが大事である。剣は抜かずとも、正義は貫ける。ともに世直しを行い、江戸から疫病神を取り除こうと。

温厚で人当たりのいい老中が、裏で世直しを。そんなことがあり得るだろうか。


「きれいに焼けましたなあ」

「だれじゃ」

冬に青白い着物、袴《はかま》も着けず着流しで、伸びた月代。顔もまた青白い。浪人のようである。

「この世に三つの悪神がある。ご存じですかな、お奉行様」

「なにを言うておる」

「江戸の町を守るお奉行様。町の民の暮らし、働けども豊かにならぬのは、人を踏みつけ遊んで暮らす貧乏神のせいでござる。江戸の町に病を振りまくのが疫病神。さしずめお父上伯碩殿は疫病神の頭目でござろうか」

「なんじゃと、貴様、なにものじゃ。名乗らぬか」

「そして第三の悪神、拙者は死神でござるよ」

丹後守の背筋に悪寒が走る。

「さようか。あの世からわしを迎えに参ったか」

「三途の川を渡れるかどうか、勝負は時の運でござる」

「ならば勝負いたそう」

浪人は満足そうにうなずく。

「おお、さすがはお奉行様。話のわかるお方ですな」

丹後守は縁側に置いてあった刀を腰に差す。

「死神よ。わしは今、怒りで人を殺めたいと思うておる。相手が魑魅魍魎《ちみもうりょう》でもかまわぬ」

「これはよいところへ参った。拙者、今月はひとりも斬っておりませぬ。虫けらさえも。相手のお方が強ければ強いほど、腕が鳴りまする」

「いざ、参れ」

向島の荒れた庭で向き合うふたりに、乾いた風が吹きすさぶ。

「みなさん、お待ちかね。お蕎麦《そば》が来ましたよ」

階段から久助が顔を出す。

「あたし、手伝うわ」

お京が階段を下りる。

「じゃ、あたしも」

徳次郎が続く。

「徳さんは女にやさしいねえ、色男」

半次が階段に向かって茶々を入れる。

大晦日、亀屋の二階では店子はあらかた揃っているが、晦日に店賃を配る井筒屋は姿を見せない。

例によっての無礼講、それぞれに年越し蕎麦と酒の膳が配られ、みんな席に着く。

「左内さん、まだかしら。大晦日は神社仏閣、どこでもガマの油が引っ張り凧ですからねえ」

心配そうなお京に半次が言う。

「今回はお京さん、左内さんの連れ合いの役だったもんなあ。あっしはちょいと焼き餅焼いたよ。長屋じゃ餅つきはしなかったけど」

「なに言ってんのよ、半ちゃん」

お京はぷっと頰をふくらませる。

「左内さんは忙しいのかな。遅れてくるだろう。今日はね、井筒屋さんが来られない。大店の主人はやはり年に一度の大晦日だけはお店にどんと構えてなきゃいけないんだろうね。前もって、わたしがみなさんの店賃をいただいております」

「待ってました」

「久助、頼むよ」

「へーい」

勘兵衛から受け取った金の包みを久助がひとりひとりの膳の前に置く。

「うわっ、五両も。うれしいなあ」

さっそく包みを開いて半次が声をあげる。

「今回、半次さん、大手柄だったからね。岡田屋の番頭に化け、安井良順に化け、たいした千両役者だ。そこへいくと、わたしはあんまり働かなかった。煙草屋を二、三軒聞き込んだだけだよ」

玄信が肩を落とす。

「なに言ってるんですか、先生。先生の考案のブランダウエン、あれで酒好きの伯碩、いちころでしたよ」

「いや、わたしはブランダウエンの話をしただけだ。実際にあれを調合したのは名医のお梅さんだよ」

「あたしひとりじゃ、できませんよ。玄信さんがブランダウエンとはどんな酒かというのを詳しく教えてくれたから」

「詳しくもなにも、わたしはそんな酒、飲んだこともないからね。ただ、葡萄の酒ウエーンを煮詰めて造る。薩摩で芋から造る焼酎に近いかもしれない。そう思ったけど、いい加減なもんだ」

「それで、あたし、焼酎と南蛮麻の汁を混ぜて、味付けに砂糖、そんなところで出来上がりました。それを徳さんが見つけてきてくれた瓶に移すと、ほんとにブランダウエンみたい。だれも本物を知らないし、でも伯碩は長崎奉行だったから、飲んでたかもしれないわね」

「唐物屋には異国の酒瓶はいろいろあるんです。伯碩は蘭語をどれだけわかっているのかしれないし、下手に字の書いてあるのは避けまして、きれいな飾りのある小さなギヤマンの瓶があったんで、それにしたんです。高かったけど、ばれなくてよかったですよ」

「わたしは思ったよ。お殿様もけっこうお芝居がお上手だった」

「大家さんと二平さんが供侍で、あたしと弥太さんが駕籠かき」

徳次郎に言われて弥太郎も笑う。

「本物はお殿様ひとりだけで、家来は偽物、質素な乗物は借り物、向島あたりじゃ、だれにも咎められずに済みました」

「みんなよくやってくれた。節分の鬼退治も大受けだったね」

「あんなこと思いつくのは玄信先生の他、いませんぜ。良順が鬼に化けたのは見ものでした。ブランダウエンにしろ、鬼退治にしろ、玄信先生の思いつき、たいしたもんですぜ」

「そうかい。ふふ、そう褒められるとちょっとうれしい。戯作の趣向に使えるかな」

「さあ、みんな、今年もそろそろ終わる。わたしはおまえさんたちと出会えて、こんないい年はなかったと思う。それに世直しは楽しい」

　階段からぬっと左内が顔を出す。

「遅参いたし、申し訳ない。どうぞ、お続けくだされ」

「やあ、左内さん、今、蕎麦が届いて始めたところです。さ、どうぞ」

「ガマの油、売ってたんですか」

　お梅が言う。

「あたし、この前、全然効かないなんてひどいこと言ったけど、心で念じて効くと思えば、胡麻油だって効きますよ」

「さようか。今日拙者が売っておったのはガマでも胡麻でもなく、ただの油を売っていただけでござる」

　半次がにやり。

「左内さんも洒落言うんだね」

「うむ、今日もまた、三途《さんず》の川を渡り損ねたようだ」

　勘兵衛が微笑《ほほえ》む。

「左内さん、そんな物騒な話はいいですよ。まあ、一年の厄落《やくお》としといきましょう」

「やっぱり年越し蕎麦はうまいなあ」

　熊吉はうれしそうだ。

「流しの二八蕎麦とは味が違うね」

　蕎麦好きの徳次郎も舌鼓を打つ。

「明日の朝は元旦ですなあ」

　玄信が遠くを見るような顔で感じ入る。

「一年前をふと思い出します。元旦といえば、お殿様のご登城、譜代で昨年はご老中におなりでしたからね。席順が入れ替わりまして、お大名はおひとりおひとり、上様に拝謁ですよ。祐筆もお屋敷でうかうかできない。でもご登城のお殿様たち、どなたも気苦労が多いでしょうなあ」

「お殿様にはお殿様たちの気苦労があります。そこへいくと、あたしら、長屋住まい、あたしなんてお小姓でしたからね。それはそれで骨は折れました。今は気楽でいいなあ」

徳次郎が伸び伸びと言いきったので、みんなはうなずき合って笑った。

「拙者からひとつ、よろしいかな」

遅れて来た左内が言う。

「なんです、左内さん」

「闇煙草の一件もなんとか片付きそうですが、拙者、天神下の文七のことに思いが巡りまする。あの男、ならず者や前科者の多い御用聞きの中で、悪を憎み、町の人にも親切で、闇煙草を追って、悪人に殺されました。目端の利く男だったので、ひょっとしてこの長屋の秘密を知られたら、正直申して斬るしかないかとも思いましたが、考えてみると、使える男だったので、こちらの正体を知られたら、手先にしてもよかったかなと、そんなことを」

いつになくしみじみと語る左内に、場が静まる。

「あ、重苦しい話でお許しくだされ」

「いえ、左内さんにそう言ってもらって、文七親分も草葉の陰でほっとしているかもしれません。さ、みんな、酒はたっぷり仕入れましたんで、どうぞ飲んでください。このまま正月まで飲み続けてもいいですよ」

「わあ、ほんとですか、大家さん。そいつはめでたいなあ」

ほんとにいい正月になりそうだ。今年はいい仲間と巡り会えたし、一生このまま続けば文句はない。昨年までのお屋敷勤めのことなどまったく思い出さず、ほっとする勘兵衛であった。

正月二日の初売りでは下谷広小路の岡田屋に予想通り行列が出来、新しい品、新発売の夕闇月が売れた。結局、老中松平若狭介のお墨付きは届かず、白地に赤く初売り夕闇月の文字だけが目立っていた。

だが、評判は悪かった。すっぱい味がして、臭いもおかしい。そんな噂が広がり、翌日からはぴたっと客足が止まり、腐った菓子を売っているとの訴えが月番の北町奉行所に届いた。

北町奉行の戸村丹後守は向島の別邸の小火騒ぎ以来、年末から出仕しておらず、与力からの手入れで、岡田屋はしばらく休業を仰せつかり、商売ができなくなった。

正月早々に本復した清太郎が小石川養生所から下谷広小路の岡田屋に戻った。経営不振から気鬱《きうつ》で寝込んでいた清右衛門は気が触れたようになり、喚《わめ》いたり暴れたりして座敷牢に押し込められ、番頭義助の補佐で十八の清太郎が店を引き継いだ。間もなく、岡田屋から小石川養生所へ要請があり、快復の見込みのない清右衛門は入所した。

養生所の奥の座敷牢には気の触れた初老の無宿人が年末から入っており、清右衛門も同室となった。正気を失ったふたりが、どういうわけか、一日中、碁を打っているらしい。真夜中でも奥の座敷牢から、ぱちり、ぱちりと音がするそうである。

時代小説

二見時代小説文庫

# お殿様《とのさま》の出番《でばん》　大江戸秘密指令《おおえどひみつしれい》3

二〇二三年十一月二十五日　初版発行

著者　伊丹《いたみ》　完《かん》

発行所　株式会社　二見書房
〒一〇一-八四〇五
東京都千代田区神田三崎町二-一八-一一
電話　〇三-三五一五-二三一一［営業］
　　　〇三-三五一五-二三一三［編集］
振替　〇〇一七〇-四-二六三九

印刷　株式会社　堀内印刷所
製本　株式会社　村上製本所

落丁・乱丁本はお取り替えいたします。定価は、カバーに表示してあります。


ISBN978-4-576-23128-0
https://www.futami.co.jp/